Cascade POLICIER

W0358170

COLLECTION

Cascade

STÉPHANE DANIEL

# UN TUEUR À LA FENÊTRE

RAGEOT-ÉDITEUR

*Pour François-Xavier,*
*Come, come, it's time to get up.*

Collection dirigée par Caroline Westberg

Couverture : Nicollet
ISBN 2-7002-2367-5
ISSN 1142-8252

© RAGEOT-ÉDITEUR – PARIS, 1996.
Tous droits de reproduction, de traduction et d'adaptation réservés pour tous pays. Loi n°49-956 du 16-07-1949 sur les publications destinées à la jeunesse.

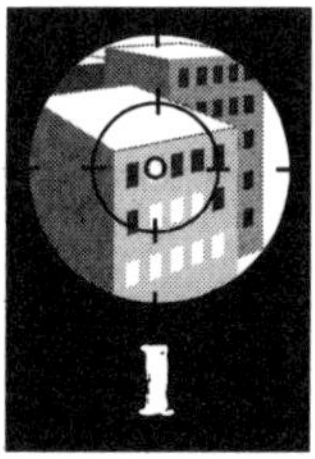

# 1

*Lundi 19 h 15*

Lucas et Max pénètrent dans l'ombre de la première grande barre d'immeubles. Une illusion de fraîcheur les accueille. Fin de journée caniculaire. Ce grand rectangle gris qui rampe sur la moitié de la chaussée vers le trottoir d'en face n'est plus qu'un tapis de bitume surchauffé. Max et Lucas ont presque la sensation de s'enfoncer dans le goudron des trottoirs ramollis. Cette ombre est bonne à prendre, même tendue comme un drap sale à piétiner.

– Y'a pas de ceintures au Sao Lim ! Pas de grades, pas d'examens. T'es nul, puis tu deviens pas mauvais, puis t'es une bête de combat ! La progression est naturelle, c'est à toi de la sentir, à toi de t'évaluer.

– Si vous avez pas de ceintures, vous devez tout le temps les perdre vos kimofrocs !

Lucas est tenté d'abandonner. Cent fois qu'il essaie d'expliquer à son ami ce qui fait la particularité de son sport. Pas sport, art martial ! Un kung-fu dur comme l'acier importé de Penang, Malaisie. Le style de Maître P'Ong Chye Khim. En vain. Max ne veut pas comprendre, ou alors il se fait plus obtus qu'il ne l'est en réalité. Option numéro deux retenue. Max refuse de s'inscrire. Une feignasse, voilà ce qu'il est ! Sorti de ses mobylettes et de ses japonaises dans la graisse du garage Charly, rien ne l'intéresse, sportivement parlant. Parce que dans d'autres domaines, il fait moins de chichis ! Par exemple, question filles, il se découvre un potentiel de coureur de fond pas exploité en club. Un gros potentiel. Mais jamais Lucas n'a réussi à le persuader de glisser ses doigts noirs de cambouis dans une paire de gants de sac. Il ne désespère pas. Ils ont pratiquement tout fait ensemble, sauf ça. Si c'est pas malheureux !

Lucas persévère. Il ressort son joker, la carte orgueil blessé :

– T'as pas honte de ton gros bide sur les plages ?

– Un, j'ai pas un gros bide, deux, je ne vais jamais sur les plages ! Et trois, c'est pas avec Jean-Claude Van Damme qu'elle a rendez-vous ce soir, Muriel, mais avec bibi la praline !

– Elle ne viendra pas… Surtout si entretemps elle retrouve la vue !

– Tu paries ? Eh eh ! On dirait que monsieur Muscle est jaloux !

– Tu as déjà vu un lévrier jaloux d'un cloporte, toi ?

Ils avancent. La barre H.L.M. défile sur leur gauche. Ils longent la rue Jean-Lorrain et sa chaussée par endroits défoncée qui lui donne l'allure d'un cours d'eau à sec. De l'autre côté, sur l'autre rive presque, l'ensemble pavillonnaire. Petites maisons en pierres meulières auxquelles on accède par des voies privées. Parmi tous ces cubes auxquels s'accrochent des mèches de lierre se trouve la maison de Lucas, au 35 allée des Mimosas. Ce n'est pas là qu'ils se rendent, mais cinq cents mètres plus loin, au club de Lucas, dans une salle installée sous les vestiaires de la piscine municipale. On est lundi, jour d'entraînement.

Max l'accompagne. Il n'a rien de mieux à faire. Charly l'a lâché un peu plus tôt que d'habitude, il n'est pas vache avec son apprenti. Et puis il fait vraiment trop chaud dans le garage. C'est un début septembre en retour de flammes. Max apprécie pour les aménagements horaires, mais Lucas fait la grimace. Il ne fait pas bon surfer sur une vague de chaleur tardive quand on a déjà des livres scolaires en main et que tous les profs vous attendent en rangs d'oignons sur la plage. Les premiers enseignements lui seront dispensés à l'étuvée...

Max se fiche de la rentrée, il n'a plus de sortie. En apprentissage depuis un an, les seuls livres dans lesquels il se plonge sont les fiches techniques des motos qu'il répare. Globalement satisfait, Max. Content d'être heureux.

Ils ne se pressent pas. Côté pavillons, loin devant eux, une dizaine de types sont réunis autour de deux mobylettes et un scooter. On met les gaz, juché sur la béquille. Le scooter démarre en trombe, fait dix mètres et revient à la base. On change de pilote et le cirque recommence. Ça fait du bruit. Un bruit à mettre les gens en pétard, mais comme le groupe est imposant, les pétards se mouillent. Aux premiers étages de la barre, comme dans les pavillons les plus proches, là où le boucan est le plus fort, on préfère fermer les fenêtres qu'avoir à faire des remarques. Mieux vaut recevoir un coup de chaud qu'un coup de tête.

Ils vont dépasser la première barre. La seconde se dresse vingt mètres plus loin. Dans le quartier, on les appelle les Dominos. Des géants ont un jour entamé une partie restée inachevée. Deux pièces posées et au revoir !

Ils débouchent dans le soleil et reçoivent une gifle de chaleur. Lucas tourne la tête instinctivement : une porte métallique vient de s'ouvrir sur un des petits côtés du rectangle de béton. Un vigile s'y encadre. Casquette réglementaire, tenue bleu marine calquée sur celle des auxiliaires de police. Leurs regards se croisent et l'homme, qui allait sortir, se ravise, recule et referme la porte sur lui.

– Bonne ambiance par ici ! Il y a de la chasse à l'homme dans les caves, on dirait !

Max ne répond pas, il fait un signe de main à quelqu'un du groupe au scooter.

– Attends-moi, dit-il, j'ai un pote à voir.

Max traverse, Lucas avance un peu pour s'abriter à l'ombre de la seconde barre. Le voilà reptile, en quête de la fraîcheur d'une grosse pierre. Les potes de Max ne sont pas les siens. Depuis que leurs chemins scolaires se sont séparés, ils se sont chacun construit leur propre réseau d'amis, avec des répertoires étanches.

Max ne se sent plus à l'aise avec ceux du lycée Delteil. Les corrections d'exos, les points du programme, les vannes sur les profs le font bâiller. Il n'y a qu'avec les filles qu'il arrive à prendre sur son ennui, allez savoir pourquoi… En période de célibat prolongé, il daigne se rendre aux fêtes où Lucas est convié. D'ailleurs si l'on veut avoir une chance de voir Lucas, on sait qu'il faut aussi inviter Max, ne serait-ce que pour la forme. Lucas et Max, Max et Lucas, ils forment presque un prénom composé.

Quant aux relations de Max, Lucas les ignore tout autant, les filles y compris, ce qui dénote chez lui une ouverture d'esprit moins large que celle de son ami. Ces relations ne sont, il est vrai, pas bien nettes. Lucas a vite compris que les récentes fréquentations de Max le conduisaient davantage sur le terrain des petits trafics que sur celui de l'action sociale. Ses compétences en mécanique devaient nécessairement attirer les amateurs de mobylettes volées, ce qui n'était pas fait pour effrayer un Max qu'un parcours scolaire chaotique avait peu à peu rejeté dans les marges. C'est avec la population des Dominos qu'il fraie : un club privé avare en cartes de membres.

Bien sûr, Lucas interroge fréquemment son ami sur la teneur exacte de ses discrètes activités. Lui qui a été élevé dans le respect maladif des conventions sociales et dans la terreur des interdits ne peut que se sentir attiré par un univers auquel il n'aura, il le sait, jamais accès. Max satisfait sa curiosité tout en restant évasif. Il révèle avec parcimonie un échange standard de moteur de 125, une Vespa repeinte, une culasse limée. Lucas ouvre de grands yeux, le met en garde du danger qu'il y a à franchir la ligne jaune, mais redemande un peu de ce frisson qui lui descend la colonne. Chacun d'eux envie l'autre pour ce qu'il n'est pas lui-même, et le ciment qui les unit ne se fendra jamais.

Max s'éternise. Lucas décide de le rejoindre et traverse à son tour. L'interlocuteur de Max lui jette un sale regard. Il n'aime pas être dérangé en pleine discussion. D'ailleurs, celle-ci s'interrompt à l'arrivée de l'importun.

– Salut !

– Salut, mec !

– T'es plus méfiant qu'une hyène, Chérif ! rigole Max. Je te dis que c'est mon pote !

– Ouais, le tien...

– Non mais si je dérange, fait Lucas, je peux retourner là-bas, avec les crottes de chien !

L'autre, s'il éclate de rire, c'est vraiment à l'intérieur. Le genre à se méfier de son reflet dans la glace. Il porte un tee-shirt rapiécé, un short très large d'où sortent deux cuisses de héron terminées par des baskets orthopédiques. Ses cheveux sont bruns, ses yeux d'un bleu limpide. Une cicatrice lui barre la joue. Certainement pas un accident de golf. Chérif fait peur. Ses phalanges sont tout abîmées, on y lit le combat de rue, la violence du poing final. Lucas se sent très mal à l'aise et détourne son regard.

La barre en face lui offre le spectacle de ses orbites mortes. Par centaines, des fenêtres percent la façade lépreuse. La réfection n'est pas encore prévue, on attend que les murs s'écroulent pour engager les travaux indispensables.

Le scooter redémarre derrière lui, les mobylettes assurent la stéréo.

Lucas aperçoit une minuscule fumée à l'une des fenêtres en étage : sans doute un gamin qui fait exploser un pétard.

Lucas se retourne. Chérif fixe un point par terre, les yeux écarquillés, sa bouche s'arrondit :

– Merde...

Il part à reculons. Lucas s'en désintéresse.

Max est allongé par terre, son bras est tordu sur le sol, ses yeux grands ouverts ne regardent rien. Sur sa nuque, ses cheveux sont collés rouge. Du sang coule sur ses épaules.

Dans la poitrine de Lucas, quelque chose se met à hurler.

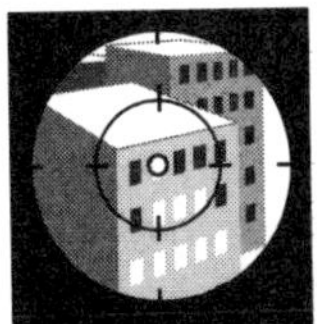

# 2

*Lundi 20 h 45*

Un gyrophare tournoie silencieusement. La rue Jean-Lorrain est barrée aux deux extrémités, interdite à toute circulation. Contraints de stationner loin de chez eux, certains riverains râlent ; les infos sont terminées, on va lancer le film.

Trois voitures de police garées en travers encombrent les trottoirs. Un car déboule en trombe et crache une dizaine de policiers en tenue qui restent prudemment groupés. Quelques-uns caressent la crosse de leur Manhurin, y laissant un peu de la sueur qui poisse leurs paumes. Des civils portant des brassards s'affairent sans leur prêter la moindre attention.

Autour des mobylettes, ils sont maintenant une bonne vingtaine. Ça s'agite, ça parle fort, les bras font de grands gestes, le lieutenant qui les interroge a beaucoup de mal à s'y retrouver. Il hausse le ton mais son accès d'autorité fait seulement monter la tension d'un cran.

Chérif domine la mêlée, la bouche tordue par un rictus de fureur. Au milieu des vociférations, il désigne un vague point devant lui, une fenêtre de la barre grise qu'un halo de lumière couronne encore. Le lieutenant inscrit des bribes de récits confus sur le petit carnet à spirales qu'il tient dans sa main gauche. Il aura bien du mal à se relire. La nervosité ambiante le gagne.

– De là-haut ça vient ! crie l'un des jeunes, le propriétaire du scooter. Qu'est-ce que vous nous cherchez les poux à nous, c'est dans les étages qu'il faut aller ma parole !

– On s'en occupe déjà, répond le lieutenant.

– T'as raison ! Mais attends, mec, nous aussi on va s'en occuper, t'inquiète pas !

– Calmez-vous, ça ne sert à rien de vous énerver.

– Écoute-le l'autre ! éclate un costaud en survêtement brillant, on nous tire comme des lapins et faut qu'on reste calme ! Tu veux peut-être qu'on se peigne des cibles dans le dos tant que t'y es !

Attirés par la scène, les habitants des pavillons se sont approchés. Ils restent derrière les barrières de leurs jardinets et commentent à voix basses les événements.

Le lieutenant risque une question innocente :

– Vous faisiez vraiment beaucoup de bruit ?

Un tollé indistinct lui répond, les injures fusent.

Circulant parmi les badauds, une jeune femme glane des renseignements, sa carte de presse épinglée au revers de sa chemise. Elle discute un bon moment avec un civil cravaté, le commissaire chargé de l'affaire, qui finit par avouer qu'à ce stade de l'enquête il ne peut faire aucune déclaration.

Le gyrophare des pompiers éclaire par intermittence les visages fermés. On ouvre les portes de l'ambulance pour y présenter le lit roulant sur lequel gît une forme recouverte d'un drap blanc. Deux pompiers engagent le lit dans des glissières, le poussent et referment les portes dans un claquement de guillotine. Quelques secondes après, l'ambulance démarre.

Lucas la regarde s'éloigner. Il est resté un peu à l'écart, a répondu mécaniquement aux premières questions qu'on lui a posées, puis il s'est fait discret. Il n'a pas touché le corps de Max recroquevillé par terre. La peur du sang peut-être. Il a ressenti le besoin de s'éloigner de quelques pas. C'est là qu'il a vu les choses s'enchaîner, la panique, l'arrivée des premiers secours, de la première voiture de police. Ensuite il y a eu les cris...

Cerveau bloqué, il reçoit le corps de son ami qui tremble dans un arrêt sur image imparfait. Cette réalité qui cherche à s'imposer, Lucas ne peut l'intégrer. Elle ouvre un gouffre de douleur au bord duquel il se tient bien droit, et muet. Vu de l'extérieur, c'est le genre d'attitude que l'on peut facilement prendre pour de la froideur, ou de la dignité. Mais l'extérieur n'existe plus vraiment pour Lucas. Il n'y a que lui, et le gouffre.

Son regard balaie le spectacle offert par la machine policière en mouvement. Chaque figurant connaît son rôle, le ballet est bien réglé. Des flashs crépitent, on recueille des témoignages, on prend des mesures.

Max est dans l'ambulance mais Max est encore un peu là. Dans une silhouette dessinée à la craie sur le bitume.

Des glaces occupent tous les murs de la pièce. Une barre fixe court sur le pan du fond, à l'usage des cours de danse. Le sol est constitué d'un plancher aux lattes gondolées par toute la sueur bue depuis l'ouverture du club. Dans un coin, une porte donne accès à un petit réduit qui contient un lavabo dont le robinet goutte en permanence.

Ils sont en rangs, espacés les uns des autres de deux mètres tout au plus. Premier tao. Simulation de combat contre plusieurs adversaires. À chaque coup de pied, les pantalons de kimonos noirs claquent comme des drapeaux.

– Quatre ! Cinq !

Blocage, frappe enchaînée coup de poing coup de coude. Saisie, tranchant gorge.

– Neuf ! Dix !

Balayage, parade en se relevant, saisie puis clé de bras.

Quand ils auront terminé, ils recommenceront. Dix fois. En mettant à chaque fois un peu plus d'impact dans les coups. Et en baissant les positions. Les cuisses devront former avec les mollets un angle de quarante-cinq degrés. La fatigue musculaire aidant, on se relève parfois en cours d'exercice. Jean-Pierre, le prof, est là pour veiller à ce qu'on aille au bout de cette fatigue et qu'on la fasse plier avant qu'elle ne vous casse.

Bien que Lucas soit arrivé en retard, son tee-shirt est à tordre, la sueur l'aveugle. Après les taos, on se disperse en ateliers. Ici combats légers, plus loin travail de poussées. Lui se dirige vers les sacs, deux sacs de frappe suspendus au plafond par des crochets. Le premier est rempli de billes, pour le durcissement des avant-bras et des tibias, l'autre de sable. Il se positionne face au second, enfile ses gants et commence à cogner. Une série de cinquante directs, gauche, droite, puis d'autres de middle kicks et high kicks. Lucas frappe. Il prend garde de bien passer la hanche pour mettre la puissance. Le sac gémit sous les coups répétés. Lucas frappe. De plus en plus fort. Ses tibias laissent dans le cuir craquelé un sillon qu'il creuse avec obstination. Chaque mouvement lui arrache une plainte, utile pour le contrôle de la respiration. Autour de lui on n'entend plus que les pieds nus qui glissent sur le parquet et les consignes brèves du prof aux élèves.

– Lucas ! Doucement...

Jean-Pierre jette des coups d'œil fréquents dans sa direction. Lucas frappe. L'onde de choc qui se brise sur le cuir vient résonner sous son crâne.

Jean-Pierre a abandonné les élèves dont il s'occupait ; il ne quitte plus Lucas des yeux. Celui-ci frappe. Combien de séries a-t-il déjà comptées ?

– Lucas ! LUCAS !

Tout le monde s'arrête de travailler. Un curieux silence envahit la salle. Les regards convergent vers le prof qui s'approche maintenant de Lucas.

Celui-ci s'est écroulé sur son sac comme au bal un ivrogne sur sa cavalière. Pendu au filin qui raccorde l'appareil au plafond, il est secoué de sanglots hachés, hoquette à la recherche d'un restant de souffle.

Jean-Pierre le laisse un peu récupérer, puis il pose une main sur son épaule. Lucas frissonne. Le prof lui demande :

– Ça va ?

Lucas décolle son front du sac et tombe à genoux, son visage disparaît presque entièrement derrière ses gants :

– C'est Max... Il est mort... Mon copain est mort... Mon copain...

# 3

*Mardi 11 h 30*

*– Je suis prêt. Il peut me demander ce qu'il veut !*

*– Comment ça ? Hier soir tu étais à la patinoire !*

*– Et alors, ça n'empêche pas d'apprendre les définitions et les théorèmes ! Tu crois qu'ils sont analphabètes à Holiday on Ice ?*

*– Explique !*

*– C'est simple ! Regarde !*

*Max ouvre le boîtier de son stylo plume et tire sur une languette qui dépasse sur un des côtés. Le carton habillé de feutrine se soulève, laissant apparaître une fiche recouverte d'une écriture serrée et bicolore. Max baisse encore le ton :*

*– En rouge les définitions, en vert les théorèmes. J'ai un trou de mémoire et toc je soulève le bazar. Aussitôt la mémoire me revient. C'est magique.*

*– Tu vas te faire choper. Ta mémoire, c'est*

*une passoire. Tu vas passer ton temps le nez dans le boîtier.*

*– Merci pour la leçon d'optimisme, Lucas ! Continue à me mettre l'œil ! Je m'en fous, j'ai une roue de secours.*

*– Quoi ?*

*– Chut...*

*Le prof de maths, M. Barbier, entre et pose sa sacoche en cuir sur le bureau. Il bredouille un bonjour aussi chaleureux qu'une injure de Lapon et donne ses consignes. Feuille, nom en haut à gauche dans la marge, date soulignée en bleu, sauter trois lignes, prêts ? Et il demande la première des formules à apprendre par cœur pour le matin même.*

*Lucas commence à écrire, sa langue lui fait l'effet d'un os de seiche, autant par peur de se tromper que par crainte du naufrage de Max. Soudain, le prof fait halte de la main :*

*– J'oubliais ! Rien sur les tables en dehors de votre feuille et d'un stylo ! La politique de la terre brûlée est la seule efficace contre les professionnels de la triche !*

*Lucas coule un regard en coin. Max range son coffret à réponses dans sa case, se tourne vers lui et lui lance un clin d'œil.*

*Lucas se penche à nouveau sur sa feuille. Mais il ne peut s'empêcher de surveiller son voisin. Il a parlé de roue de secours...*

*La table de Max bouge imperceptiblement,*

*mue par une poussée discrète des genoux. Bientôt, elle vient se coller contre la chaise de Xavier, le petit camarade de devant. Le Xavier en question ne bronche pas. Ses longs cheveux bouclés lui couvrent les épaules. Tiens ! D'habitude il les réunit en queue de cheval !*

*Lucas voit Max avancer un bras, puis écarter le rideau de cheveux devant lui. Sur l'encolure du tee-shirt, fixé à l'aide de trombones, apparaît le double de l'antisèche du boîtier.*

*Max regarde Lucas avec un petit sourire satisfait, et lui murmure :*

*– La roue de secours, mon pote, la roue de secours...*

– Lucas ! Si ça ne va pas mon garçon, vous pouvez...

– Non non, m'sieur, excusez-moi...

– Je sais que deux mois de vacances c'est court, mais les meilleures choses ont une fin. D'ailleurs, si ça peut vous motiver, sachez que ce cours aura la sienne ! En attendant cet instant béni, essayez au moins de garder les yeux ouverts. D'avance, je vous en remercie.

Tout le monde l'observe. Ceux qui sont au courant ont renseigné les autres. Il est devenu bête curieuse. M. Barbier, manifestement, n'écoute pas les informations régionales. On est en première S, c'est du sérieux, il n'y a pas une minute à perdre. Les théorèmes sont en formations serrées, à l'attaque ! Le premier jour est un jour comme un autre et le temps perdu au début s'accumule à la fin. Vous avez passé de bonnes vacances ? Alors sortez vos classeurs !

Lucas laisse son regard errer dans la classe. Il s'est mis au fond. Il y a une absente ce matin, Fanny Cravan. Fanny, sœur de Max Cravan abattu d'une balle de 22 long rifle un soir de grosse chaleur rue Jean-Lorrain.

Combien de fois Lucas s'est-il rejoué la scène ? Cent, mille fois ? Un bruit de pétard, le visage de Chérif, un corps de craie sur le trottoir brûlant. Pourquoi Max ? Ils passaient, tout simplement. La balle aurait pu faucher Chérif, l'atteindre lui, ou un des gars de la bande ! Non, Max est tombé. Charly l'a autorisé à sortir du garage plus tôt juste pour qu'il se fasse tuer.

Il se rend compte tout à coup qu'il ne sait rien des circonstances du drame. Après le départ des pompiers, il est reparti comme un zombie crever sa peine contre un sac de sable sans garder le moindre souvenir des questions posées par la police.

Il y avait une fille aussi, une journaliste, qui a cherché à le cuisiner. Son nom, son visage, oubliés ! Pourquoi est-il resté absent, en dehors du coup ? Le seul, peut-être. Le premier réflexe de Chérif a été d'aller débusquer l'auteur du meurtre dans l'anonymat des fenêtres aveugles, de lui faire la peau. Lucas est parti, une boule de silence au fond de la gorge, terminer le trajet qu'il avait commencé avec son ami.

Ils finissent tôt. Un jour de rentrée c'est comme un tour de chauffe, on prépare les pneus mais on attend le lendemain pour mettre la gomme.

Lucas retourne chez lui. Deux kilomètres à pied. Du lycée on aperçoit les Dominos qui dominent l'agglomération. Il jette instinctivement un œil vers l'Abribus situé face à l'entrée. Max n'est pas là...

Lucas fait cinq cents mètres et passe devant une librairie-papeterie-journaux. Il marque un temps d'arrêt. Sur un présentoir s'étalent les unes. Il se penche sur celle du *Quotidien Républicain* et s'empare d'un exemplaire pour le feuilleter fébrilement.

– Tu ne veux pas que je te fasse des photocopies, en plus ? Repose ça, tu vas l'user !

Lucas tourne la tête. Toujours aussi sympathique, le libraire le dévisage, les mains sur les hanches. Dès qu'on s'arrête plus de deux secondes devant sa boutique, il s'attend au pire. Tellement méfiant qu'après avoir serré la main de quelqu'un, il recompte ses doigts. Du fait de sa légendaire urbanité, tous les voleurs à l'étalage du quartier mettent chaque semaine un point d'honneur à dérober quelque chose dans sa boutique, ce qui n'est pas pour arrondir ses angles.

Lucas regarde le prix du journal et donne l'appoint.

Plus loin, il lit en marchant l'article que la une signale en page quatre par un titre choc :

*DRAME DANS LA CITÉ*
*OU DRAME DES CITÉS ?*

*Hier soir, vers 19 h 30, un jeune garçon a été abattu rue Jean-Lorrain par un homme qui s'est ensuite donné la mort. D'après les premiers éléments de l'enquête, la victime, Max C., âgé de 17 ans, se trouvait au moment des faits en compagnie d'une bande de jeunes qui avaient pris l'habitude de se réunir chaque soir sous les fenêtres des immeubles H.L.M. Le bruit provoqué par les discussions tardives et le rodéo des mobylettes avait fini par exaspérer de nombreux locataires des premiers étages, les plus exposés. Ce n'est pourtant pas de là que le drame est survenu, mais du douzième. Sans doute fragile nerveusement, Félix K. a commis l'irréparable en tirant, de sa fenêtre, en direction du groupe, une balle qui a blessé mortellement Max C. L'auteur du coup fatal, se rendant peut-être compte de la folie de son geste, aura-t-il voulu échapper à ses conséquences ? On ne peut aujourd'hui qu'échafauder des hypothèses puisqu'il a ensuite retourné l'arme contre lui et s'est logé une balle en plein cœur. Il n'aura laissé aucun message d'explication. Ajoutons que si Max C. était connu des services de police, il semblait n'avoir jamais auparavant rencontré son meurtrier. Cette tragique affaire restera donc probablement classée au rayon des faits divers comme en génèrent périodiquement ces cités rongées par la petite délinquance et transformées en bombes à retardement par une accumulation de handicaps sociaux. Combien de drames faudra-t-il encore pour que les pouvoirs publics traitent cette question avec le sérieux qu'elle mérite ? Sans doute beaucoup. Beaucoup trop.*

*Mireille Zani*

Lucas referme le journal. La mort de Max ne lui semble pas plus réelle du fait qu'elle occupe deux colonnes d'un journal.

Et l'annonce du suicide de son meurtrier ne lui procure ni joie ni soulagement. Ce qui subsiste de sa lecture, c'est du dégoût pour les détails inutiles divulgués sur son ami, une gêne à voir résumé en quelques lignes un événement dont les répercussions sont infinies. Un malaise qu'il ne s'explique pas vient se surajouter, qui naît du récit de la journaliste. Certains éléments ne coïncident pas avec la réalité, mais il ne sait ni quels éléments en particulier, ni à quelle réalité ils se rapportent.

Obéissant à une impulsion, il rouvre le journal et consulte l'ours. L'adresse du siège social y figure. Ce n'est pas très loin. Et puis il a le temps. Il ressent le besoin de parler à cette Mireille Zani. De lui dire que Max gagnait à être connu. Et pas que des services de police.

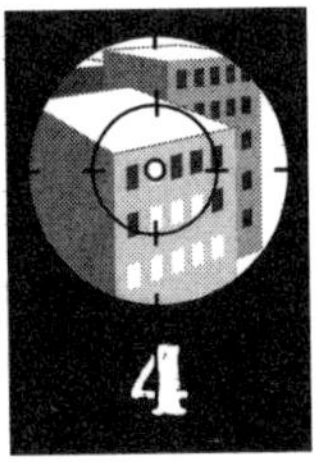

*Mardi 13 h 10*

Il lève les yeux. Le nom du quotidien régional s'étale en lettres noires au-dessus de l'entrée. La double porte vitrée se referme derrière lui.

Lucas se dirige vers un comptoir d'accueil où il demande à parler à Mireille Zani. On le prie d'aller voir au troisième si elle y est.

Deux minutes après, l'ascenseur s'ouvre sur une vaste salle où des parois mobiles disposées dans tous les sens entretiennent une apparence de cloisonnement. Il règne à cet étage l'agitation d'une ruche. Ceux qui ne courent pas dans les travées trépignent sur leur chaise ou aboient au téléphone. Le martèlement des doigts sur les claviers mêlé au ronronnement des imprimantes installe un fond sonore assourdissant. Lucas cherche quelqu'un à héler mais personne n'a le temps de remarquer sa présence. On le bouscule, il en profite :

– Mademoiselle, s'il vous plaît !

Une brune se retourne. Cheveux mi-longs, aussi noirs que ses yeux. Visage en amande bronzé, éclairé par un orange à lèvres discret. Une mèche rebelle lui balaie la joue.

– Qu'est-ce que vous voulez ?

– J'aimerais parler à Mireille Zani.

– Et vous lui voulez quoi à Mireille Zani ?

– C'est à propos d'un article paru sous sa signature ce matin.

La jeune fille réfléchit quelques instants :

– Suivez-moi !

Lucas obéit docilement. Elle l'entraîne vers l'ascenseur et ils se retrouvent bientôt au rez-de-chaussée.

– Vous allez venir avec moi, dit-elle en se retournant à peine, je suis très pressée.

– Mais, on va où ?

– Quartier nord. Un accident de voiture au carrefour Boissy !

Lucas se laisse entraîner dans une 306, *Le Quotidien Républicain* inscrit sur les portières. En s'asseyant côté passager, il s'inquiète :

– Mireille Zani est là-bas ?

– À côté de vous.

Tout en démarrant d'un coup de poignet impatient, la jeune femme baisse sa vitre et regarde dans le rétroviseur extérieur. Puis elle déboîte sans mettre le clignotant.

– C'est vous qui avez écrit l'article de ce matin ? fait Lucas, étonné.

– Oui, pourquoi ? dit-elle, visiblement accoutumée à ce que son âge rende suspectes ses fonctions dans un quotidien, je ne devais pas ? Il me semble bien vous avoir croisé, hier soir, rue Jean-Lorrain ! Qu'est-ce que vous aviez à me demander ?

Lucas tente de retrouver dans le visage de la jeune femme celui de la journaliste qui l'a interrogé mais il en est incapable. Une forme floue, une présence sans importance, presque irritante. Cet instant est loin déjà, même s'il ne cesse de le revivre.

– Hein ? Qu'est-ce que vous me voulez ?

Elle conduit vite, les mains crispées sur le volant. Des klaxons rageurs saluent ses slaloms imprudents.

Lucas ne sait plus. Ce n'était rien de précis. Il pensait qu'il aurait pu parler de Max, le décrire. Peut-être avait-il eu des intentions cachées de réhabilitation concernant certains détails de l'article, le ton qu'il avait cru y percevoir... Tout cela lui paraît soudain complètement ridicule. Parler de Max à une pilote de formule 1 urbaine, pour qui son ami n'a jamais été que de la chair à article, ne présente aucun intérêt ! Sans doute l'a-t-elle déjà complètement oublié...

– Qui êtes-vous ?

Le mutisme de son compagnon éveille la méfiance de Mireille. Elle l'observe à la dérobée, intriguée par son comportement.

– Je m'appelle Lucas. Max C., comme vous l'avez appelé, était mon ami. On ne se quittait jamais. Il a été tué sous mes yeux. Vous pouvez m'arrêter là ?

Mireille ralentit et stoppe sur la voie réservée aux bus. Le regard qu'elle pose sur Lucas quand il descend de la voiture a changé de nature, elle le détaille avec attention, comme si enfin elle le voyait.

Lucas a laissé sa portière ouverte, il se penche vers la conductrice qui n'a pas coupé le moteur :

– Hier, il y a eu deux morts par balle. Mais je n'ai entendu qu'un seul coup de feu…

Puis il referme et s'éloigne lentement en direction d'un Abribus tout proche.

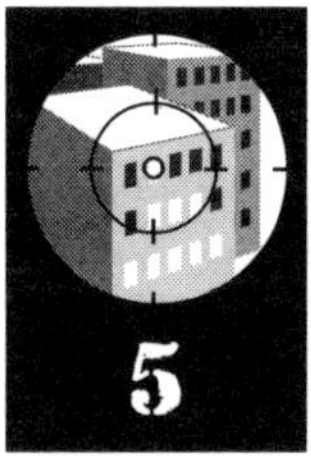

# 5

*Mardi 15 h 20*

La maison de Max se situe juste derrière les barres.

Avant, d'après le récit des voisins, on voyait de chez eux le quartier pavillonnaire où habite Lucas. Et puis les Dominos ont grimpé, deux énormes excroissances de béton comme arrachées du sol par des grues aux allures de sauterelles métalliques. Le chantier a duré deux ans. Deux ans de boue, de camions grinçants et de pelleteuses voraces. Quand le chantier s'est achevé, tout le monde s'est senti soulagé, mais personne ne s'est jamais habitué à vivre avec cette masse sous les yeux. On leur avait découpé un pan de ciel pour le remplacer par deux rectangles d'un gris que les orages, parfois violents dans la région, délavèrent vite. Il fallait faire avec, même si c'était mieux sans. Mais qu'on ne leur demande pas d'aimer.

Lucas pousse la barrière, traverse le

minuscule jardin, où le gazon pousse par plaques rétives, et appuie sur la sonnette. Il y a toujours une fenêtre ouverte, mais celui qu'il avait l'habitude d'appeler ne répondra pas.

C'est Mme Cravan qui ouvre. Lucas lui trouve les yeux creusés. On dit qu'en certaines circonstances on peut vieillir de dix ans en dix heures. Lucas note juste une grande fatigue sur le visage qui lui fait face, une fatigue qui tire les joues, alourdit les paupières. Il fait un pas vers la mère de Max. Aucun mot ne sort. Il l'embrasse en posant une main sur son épaule, la suit dans la maison.

Un silence étrange rôde dans le salon. Lucas va serrer quelques mains, il enlace Fanny qui colle dans son cou une joue humide.

– C'est bien de venir, mon petit Lucas... dit la mère.

Lucas hausse les épaules. Il regarde la chambre de Max, la porte est fermée.

De la cuisine proviennent des éclats de voix, incongrus dans l'atmosphère de recueillement qui plane dans la maison. Lucas interroge Fanny du regard.

– Papa. La police est là.

Lucas aurait bien été incapable d'expliquer ce qui le pousse à agir ainsi. Il n'est pas chez lui. Pourtant personne ne lui fait de remarque quand il se dirige vers la cuisine et entre.

Ils sont quatre. Deux hommes sont assis sur des chaises, un troisième est debout, penché sur M. Cravan qui lui parle à quelques centimètres du visage :

– Vous allez me foutre le camp !

La peine et la colère donnent à sa voix un ton rauque qui frappe Lucas. M. Cravan n'a pas remarqué sa présence, mais les trois autres le dévisagent, trop heureux de pouvoir échapper à une situation en apparence délicate. Le nouveau venu fait diversion.

Ceux qui sont assis ne bronchent pas. Le dernier le fixe sans ciller. Lucas comprend pourquoi, ils se connaissent.

– À qui avons-nous l'honneur ?

Lucas sait très bien que l'homme possède la réponse. M. Cravan répond à sa place.

– C'est un ami de mon fils, Lucas. Il est ici chez lui. C'est vous qui êtes de trop !

Ignorant l'intervention, l'homme continue :

– Oui, on s'est vus hier soir. Tu étais avec Max quand c'est arrivé, n'est-ce pas ?

Le commissaire quelque chose ! Son nom lui échappe. Il est chargé de l'enquête.

– Oui, monsieur.

Qu'ont-ils bien pu dire pour mettre le père de Max dans cet état ?

– J'aimerais que tu passes nous voir au commissariat, disons demain... Quelques questions à poser. Ce ne sera pas long. Tu pourras ?

– Après le lycée, oui. Vers dix-huit heures.

– Très bien. Et ne nous en veuillez pas, monsieur Cravan, nous savons que c'est très difficile pour vous et votre famille, mais ce que nous faisons, c'est aussi pour votre fils, croyez-le bien.

Le père de Max lui jette un regard féroce.

– Ça ne va pas dans le bon sens. Mon fils n'était pas un ange, peut-être, mais la seule chose grave qu'il ait jamais faite, c'est de passer hier dans cette saloperie de rue...

Il s'interrompt, la voix se casse. Les policiers n'insistent pas et, un par un, prennent congé.

Restés seuls, M. Cravan et Lucas s'assoient. Lucas regarde ses mains, il ne pose pas de questions, ce n'est pas nécessaire.

– Venir chez moi, aujourd'hui ! Pas pour la compassion, non, pour enquêter sur lui, sur Max pendant qu'il est à la morgue ! La routine comme ils disent. Tu as vu le journal ? « Connu des services de police »... À cause d'un vol à Suma il y a trois ans !

– Ils voulaient savoir quoi ?

– Si j'avais une idée de ce qu'il pouvait trafiquer avec les jeunes des Dominos. À ce qu'il paraît, il les voyait souvent, et beaucoup sont repérés. Je ne vois pas ce que ça change. C'était un bon gars, Max. Pas vrai Lucas ?

– Oui, monsieur Cravan.

Ils restent un moment silencieux. Lucas se demande s'il doit aborder cette histoire de coups de feu. Ce détail ne lui est pas apparu tout de suite. Il aura fallu qu'il accroche à la lecture de l'article du *Quotidien Républicain*, sur le passage relatif au suicide du tireur. Il est sûr de ne pas avoir entendu de second coup de carabine. Il se trompe peut-être mais ça valait la peine de le signaler.

Lucas décide de ne pas ennuyer le père de Max. C'est à la police qu'il faut parler, les autres, on doit les laisser tranquilles. Ils ont la douleur à affronter.

Après quelques paroles anodines, il quitte la maison de son ami. Ses parents doivent l'attendre pour dîner. Il décide tout de même de rentrer à pied.

Les barres, le trottoir... Un regard vers le sol. La craie s'est déjà effacée.

Il s'engage dans une étroite ruelle pavée qui coupe à travers les pavillons de sa résidence. À droite puis à gauche, allée des Mimosas.

Au 35, il pousse la porte et s'arrête. Une enveloppe dépasse de la boîte aux lettres logée dans le creux d'un poteau en ciment. Il la prend. Pas de timbre, pas d'adresse, juste son prénom, Lucas.

Il la déchire et sort une feuille qu'il déplie. C'est tapé à la machine.

*Un conseil, petit, pas un mot aux flics. T'as compris ? Ne dis rien aux flics. Parce que je le saurai. Et alors au revoir petit Lucas !*

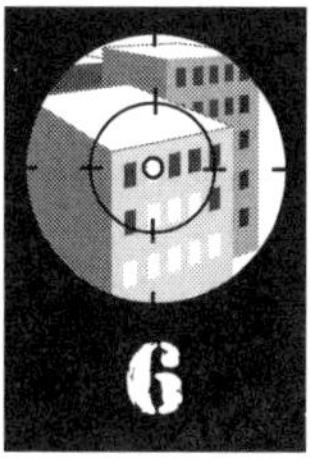


*Mercredi 10 h 15*

– Commissaire !

– Oui ?

– Les rapports balistiques de l'affaire Max Cravan, je vous les laisse là !

– Merci.

Le commissaire Jarnier quitte la fenêtre de son bureau tout en mâchouillant son cigarillo. La pièce empeste d'une odeur âcre. Travailler avec lui réclame d'être souvent enrhumé. Ses auxiliaires se sont fait une raison, ils dépensent une bonne part de leur salaire dans l'achat de pastilles ultra-mentholées.

Il n'y a eu qu'un courageux pour protester contre l'importation illicite d'un morceau de smog londonien dans ce coin d'Île-de-France, un lieutenant stagiaire frais émoulu de l'École de police, Kévin Bousard. Deux mois auparavant, soucieux des contraintes inhérentes à la vie en collectivité, il avait exigé la mise en place d'une zone non-fumeurs dans les bureaux du commissaire. Celui-ci n'avait rien dit. Le lundi on installait le panneau réglementaire et les auxiliaires faisaient une pause de pastilles, le mardi Kévin Bousard se retrouvait muté à Marseille, en banlieue nord, dans un commissariat régulièrement assiégé par des émeutiers de moins de douze ans. Aux dernières nouvelles, derrière les fenêtres grillagées de son minuscule local, il s'était mis à fumer comme un pompier d'écœurantes maïs sans filtre, son supérieur hiérarchique ne supportant que les chewing-gums parfumés au citron.

Depuis le départ du stagiaire Bousard, la vente de bonbons mentholés avait repris et le tabac cubain recommencé à imprégner les fibres de la moquette grise.

Jarnier s'empare de la chemise cartonnée et l'ouvre pour parcourir le rapport. Il la repose bientôt en grognant. Le lieutenant Philippe Cuniasse lève les yeux de sa machine à écrire.

– Alors patron ?

– Confirmation que c'est bien la même arme qui a tué les deux types... Remarque, il fallait s'y attendre.

– Mais ça n'a pas l'air de vous ravir ?

– Non...

Le commissaire s'assoit, ou plutôt se laisse choir dans son fauteuil, puis il pose son pied sur le tiroir inférieur de son bureau resté à moitié ouvert. Cuniasse n'a pas repris sa frappe. Il sait que le commissaire aime bien qu'on le relance pour daigner livrer ses impressions.

– Félix ?

– Oui.

Ça va venir.

– Il était sur quoi ces derniers temps, ton Félix ?

Le lieutenant Cuniasse pose ses coudes sur la table pour répondre :

– Les jeunes des Dominos. Ils préparaient un coup, d'après lui. Des deux-roues à livrer à des fourgues de Paris. On n'a pas plus de détails.

– Je n'aime pas ça. Tu le vois descendre un môme et se supprimer derrière ?

– Non, patron. Mais ce n'était quand même pas un modèle de stabilité psychologique. Il a très bien pu dérailler...

– Tu as raison, fait Jarnier, mais dans le cas qui nous occupe, je n'y crois pas une seconde. Au fait, il vient toujours ce soir le petit Lucas Sarago ?

– Jusqu'à nouvel ordre, oui.

– Bien... On verra bien ce qu'il nous dira. S'il a des choses à nous dire...

– Lucas, tu viens boire un coup ?

– Non merci !

Ceux de sa classe n'insistent pas et se dirigent vers le café des Rentiers, un bistrot où la plupart des élèves, du fait de sa proximité, ont établi leur Q. G. Lucas ne le sent pas. Pas encore. Il attend un peu devant les portes du lycée. Il attend de savoir ce qu'il a envie de faire, où il a envie d'aller. Rien. Nulle part. Une heure à tuer avant le rendez-vous au commissariat. Il va marcher.

Quelquefois il se retourne, regarde autour de lui, guette un bruit, une scène qui pourrait le mettre en alerte. Parce que Lucas a peur. Et il déteste cette peur, parce qu'elle le paralyse, et prend la place de son chagrin.

Depuis la veille, la lettre ne cesse de danser devant ses yeux un tango vénéneux. Les mots se sont imprimés en lui – *Au revoir petit Lucas...* – ils surgissent des notes qu'il essaie de prendre en cours, voilent les commentaires échangés pendant les interclasses. La peur le prend à la gorge. Et il a peur parce qu'il ne comprend pas.

Que signifie cette lettre absurde ? Qui peut l'avoir écrite ? Ne dis rien aux flics. Que faut-il ne pas dire ? L'unique chose qui puisse donner une valeur à son témoignage, c'est ce détail bizarre concernant les coups de feu. Il n'y a que la journaliste qui soit au courant. En aurait-elle déjà parlé ? Peu probable. Et puis il n'était pas seul ce soir-là, d'autres peuvent aussi l'avoir noté ! En définitive, il semble avéré que la mort de Max est accidentelle !

Une seule explication : cette mort va sans doute inciter la police à interroger les fréquentations de la victime. Y aurait-il une fourmilière agitée par la crainte d'un coup de pied ? Que vient-il faire là, lui ? Il ne sait pratiquement rien des activités de son ami, que pourrait-il révéler ? Qui pourrait-il compromettre ?

Lucas continue à marcher. Il n'entend plus les voitures qui le frôlent.

Chérif… Il faut aller voir Chérif. C'est le seul qu'il ait jamais approché. Il saura le renseigner, ou l'orienter vers d'autres pistes. Lucas pourra s'expliquer, lever les malentendus. La mémoire de Max, jamais il ne la salira. Il n'est un danger pour personne. Voilà ce qu'il va lui dire, ou le charger de transmettre. Et il sait où le trouver.

Dans un crissement de pneus, une masse verte le dépasse, à quelques centimètres de la manche de son blouson. Lucas a fait un écart, manquant de s'étaler sur le flanc, son cœur a tiré un coup de canon dont le recul lui a coupé le souffle. Une portière s'ouvre.

– Tu es drôlement sensible dis donc !

Mireille Zani, goguenarde, est là qui le toise, un coude posé sur le toit de sa voiture, une jambe encore engagée sous le volant.

Lucas, gêné autant qu'irrité, se redresse et se recompose une attitude.

– Je peux te déposer quelque part ?

Lucas se laisse tenter. Mireille s'est déjà rassise, sa gorge plonge en triangle aigu dans l'échancrure de sa chemise. Et puis il fait très chaud. Et puis au moins, dans la voiture, il ne sera pas à découvert...

La portière n'est pas refermée que Mireille a déjà démarré.

– Tu croyais que j'allais t'écraser ?

– Non, j'étais un peu ailleurs et vous m'avez surpris...

– On va se tutoyer si tu n'y vois pas d'inconvénient. J'ai beau être une journaliste très connue à dix-huit ans, je suis restée très simple !

Ils roulent quelques instants en silence. Par les vitres baissées s'engouffre un air tiède qui fait battre sur la tempe de Mireille une mèche éprise d'indépendance. Lucas constate qu'elle ne lui a pas demandé où il allait.

– Vous pass... Tu passais par hasard ?

– Disons que je suis passée exprès devant ton lycée en me disant que je te rencontrerais peut-être par hasard...

– Pourquoi ?

Mireille pianote sur le volant le refrain d'une chanson indéchiffrable.

– Hier j'ai été un peu sèche, je m'en suis voulu. De plus...

– De plus cette histoire de coups de feu t'a trotté dans la tête. Il y a un article qui te démange.

– Peut-être. Tu vas où ?

– Au commissariat.

– Jarnier t'a convoqué ?

– Invité ! Je l'ai rencontré chez les parents de Max. Je crois qu'il a quelques questions à me poser. Il doit avoir hâte de classer l'enquête. Un forcené qui pète les plombs pour un rodéo de mobylettes, un pauvre gars sur le carreau, c'est pas ça qui peut le rendre célèbre. Ça manque de dimension, d'action, c'est tout juste bon à faire ricaner le G.I.G.N. !

– Tu ne l'aimes pas, Jarnier, on dirait !

Lucas le revoit dans la cuisine de M. Cravan.

– Je ne sais pas si c'est un être humain.

Le silence se réinstalle. Mireille roule toujours aussi vite, les quartiers défilent à travers les vitres, animés sous le beau temps persistant. Lucas constate qu'ils atteignent le commissariat. La journaliste ralentit à l'approche du bâtiment à deux étages gardé par un policier aux épaulettes vertes, puis elle se range, à moitié sur le passage piéton. Lucas sourit.

– Tu ne crains pas les contraventions ?

– Je les fais sauter...

Puis, comme si, après un temps d'hésitation, elle se décidait à aborder un sujet important :

– Tu parlais de Jarnier en regrettant qu'il soit pressé de classer le dossier, mais ça m'étonnerait que les flics en restent là quand tu leur auras raconté cette histoire de coups de feu !

Lucas tourne la tête vers l'extérieur pour ne pas croiser son regard.

– Les flics ont besoin de certitudes, pas d'impressions. En fait, je ne sais plus très bien...

– Mais hier, fait Mireille surprise, tu avais l'air très sûr de toi !

Lucas secoue la tête, montrant qu'il n'a pas à se justifier, et il pousse un soupir censé exprimer le peu de cas qu'il fait de cette dernière remarque. Puis il ouvre la portière en grand :

– Il faut que j'y aille, je vais être en retard.

Mireille l'observe tandis qu'il contourne le capot pour traverser la rue.

– Merci pour la balade ! ajoute-t-il avec un regard fuyant.

Mireille passe à moitié la tête par la vitre ouverte :

– Lucas !

Il s'arrête mais ne s'approche pas d'elle afin de bien lui signifier qu'il est pressé.

– S'il se confirme que la mort de ton ami est un fait divers tragique, tu peux le pleurer et t'en prendre au ciel, ou à je ne sais quoi d'autre, mais si réellement il y a eu deux tués avec un seul coup de carabine, ça devient autre chose… Tu comprends ?

Il la dévisage comme si elle venait de proférer une énormité, puis grimace un sourire, ce qui tord sa bouche et lui donne une expression de mépris involontaire :

– Tu parles comme un article ! Ne t'inquiète pas, je te préviendrai s'il y a des rebondissements, et tu pourras sortir un scoop bien saignant !

Mireille blêmit et rattrape de justesse l'insulte qui lui monte aux lèvres. D'un mouvement sec, elle fait grincer la première et démarre en laissant un peu de gomme sur l'asphalte.

Devant le commissariat, le planton esquisse un geste pour l'interpeller, mais jugeant sans doute la chaleur excessive, il se contente de secouer la tête d'un air réprobateur. Puis il se déplace d'un pas pour laisser entrer Lucas.

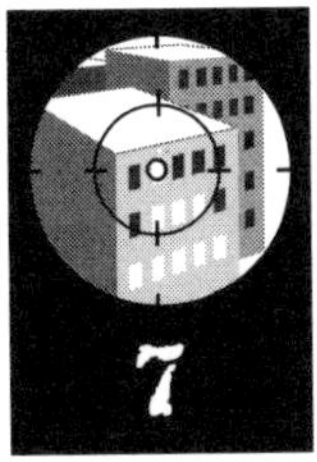

# 7

*Mercredi 19 h 35*

Mireille a eu une fin de journée chargée. Il a fallu couvrir l'intervention des pompiers lors d'un début d'incendie dans une cage d'escalier du centre-ville, retourner au journal afin de relire son papier sur les décisions du dernier conseil municipal concernant l'installation de ralentisseurs devant l'hôpital, et trouver un chapeau à la dernière minute pour l'article de son collègue Mourad tombé subitement malade. Et maintenant, en prime, elle va peut-être subir les foudres du tonton.

Le rédac-chef, Hyacinthe Zani, a certainement dû avaler des oursins de travers pour être d'une humeur aussi massacrante. Depuis le matin, rien ni personne n'a trouvé grâce à ses yeux. Le stagiaire en charge du courrier des lecteurs est un âne bâté, les pages sportives qu'il a lues sont à pleurer, les secrétaires toutes des perruches incompétentes et, entouré comme il l'est, il a pronostiqué à court terme une baisse vertigineuse des ventes de son journal avec chômage technique à la pelle, bien fait pour vous bande d'incapables ! La routine. Ses employés connaissent le bonhomme. Ils s'équipent mentalement d'un ciré et de grosses bottes avant d'essuyer les grains réguliers du grand postillonneur qui ne sait parler qu'en s'égosillant et utilise comme compliment suprême le terme « potable » quand, chose rare, il considère un article digne de ne pas aller à la poubelle.

Les seuls signes véritablement alarmants sont chez lui les mutismes volcaniques. Ils signifient que l'homme implose. Et les ondes de choc qu'il dégage ont des effets ravageurs. Mais le fait qu'il hurle presque tout le temps indique qu'il se met rarement en colère.

Mireille sait comment le prendre. Un regard de biche aux abois finement coulé suffit pour endiguer les braillements de son oncle. Sa cuirasse ne lui résiste pas. Avec elle, Hyacinthe Zani se transforme en chamallow à la coque.

Le voilà qui approche. Mireille classe grossièrement quelques papiers sur le coin de son bureau.

– Alors ma poule, comment ça va, toi ?

– Eh bien…

– Parce que moi, je suis en instance d'infarctus ! Ils veulent ma peau dans ce bouiboui ! Mais ils ne l'auront pas ! Il est solide le Hyahya ! Quand je vois les torchons rendus par mes pisse-copie, il me prend des envies de missions évangéliques au fin fond du Botswana, ou de croisières en solitaire en mer de Chine !

– Tu ne sais pas nager...

– Et alors ? En slip sur mon esquif, au moins je n'aurais pas à me farcir le *Quotidien Républicain* ! Parce qu'en mer de Chine, pour croiser un kiosque... Remarque, je ne dis pas ça pour toi, ma poule. J'ai parcouru tes derniers articles. C'est pas mal, pas mal du tout...

Mireille, qui n'est pas dupe, lui sourit.

– Bon, d'accord, y'a encore du travail, mais tu es sur la bonne voie, je t'assure ! Une fois que tu auras complètement gommé tes effets de style et mis du nerf dans tes accroches, tu pourras prétendre à autre chose que rédactrice stagiaire. Sur quoi tu bidouilles en ce moment ?

– L'histoire de la rue Jean-Lorrain.

– Encore ? Dis, tu ne vas pas m'en faire des tartines j'espère ?

– J'ai le sentiment que...

– Le sentiment, on s'en fout, c'est des faits qu'il faut dans ce métier !

– J'en ai.

– Alors rassemble et organise ! Sinon, laisse tomber ! Tu me tiens au courant ! Et repose-toi ! Si mon frère voit la mine de sa fille, il va me traiter d'esclavagiste et acheter la concurrence. Et on perdra notre seul lecteur…

Hyacinthe Zani lui embrasse le front et s'éloigne en direction de son bureau. Sa journée est loin d'être terminée.

Mireille consulte sa montre. Elle a le temps avant de rentrer chez elle, le commissariat est tout proche. Lucas lui trotte dans la tête. Elle a décelé en lui quelque chose qui n'est pas du registre de la peine, pas seulement, une chose qui couve et pourrait bien exploser. Son agressivité hargneuse en est la preuve. Mireille ne sait pas pourquoi, mais elle n'a pas envie de lâcher le morceau. Sa curiosité l'aiguillonne. Elle met ça, faute de mieux, sur le compte du métier qui rentre.

Un au revoir collectif et elle s'engage dans l'ascenseur. Un quart d'heure après, sa voiture se range sur le trottoir en face du commissariat.

Le planton, toujours en service, reconnaît en elle le Fangio qui l'a secoué de sa torpeur deux heures auparavant. Il assure son carnet de contredanses dans sa poche arrière et, tout en traversant la rue à sa rencontre, rumine avec délectation les motifs qu'il pourrait avoir de la verbaliser. Elle lui fait un petit signe de la main. Méfiance, ça sent la provocatrice, il va falloir jouer serré... Il met l'index à la visière de sa casquette quand une main s'abat sur son épaule :

– Ça va, mon vieux, je m'en occupe.

Le planton se retourne, et se raidit.

– Excusez-moi, lieutenant, bredouille-t-il.

– Mais de quoi ?

– Je... je...

– Tu m'emmènes boire un pot ?

En guise de réponse, Philippe Cuniasse embrasse les joues de Mireille penchée à la portière.

– Laisse ta bagnole, on va aller à côté. Vous jetez un œil dessus, mon vieux ?

Le planton acquiesce les dents serrées et les regarde s'éloigner vers le café le plus proche.

Mireille s'assoit en terrasse et lève les yeux. Le ciel vire à l'orange au-dessus des toits, la chaleur persistante semble vibrer dans l'air atone, dans la rue on marche en bras de chemise. L'été refuse de mourir.

– Alors ?

Mireille se tourne vers Philippe Cuniasse.

– Alors quoi ?

– Le journalisme, tiens ! Ça te plaît toujours ?

– Toujours plus qu'à toi !

Le lieutenant opine d'un air entendu. Il ne sera pas resté longtemps au *Quotidien Républicain* : six mois, six ans auparavant. Stagiaire, comme l'est Mireille, à la différence qu'Hyacinthe Zani n'était pas son oncle. On ne lui a pas fait de cadeau. Sa vocation, ils sont nombreux au journal à s'être assis dessus. Il en a bavé, mais les contacts pris avec la police dans le cadre de cette courte période d'activité lui ont permis de se dégoter une vocation de remplacement. Son Deug en poche, il a passé le concours de lieutenant et l'a décroché haut la main. Pour se retrouver dans le même secteur d'intervention que ses ex-collègues de la presse, mais avec, vis-à-vis d'eux, une sorte d'obligation de méfiance.

Mireille avait douze ans quand il la croisait dans les couloirs du journal. Elle venait souvent, et jurait qu'elle voulait devenir une grande journaliste. L'effervescence qui conduisait la vie du quotidien la fascinait. Philippe Cuniasse n'a pas été surpris, plus tard, de la retrouver stagiaire aux côtés du vieux grincheux de Zani. La première marche vers les sommets… Il l'aimait bien avant, il l'aime toujours bien, même s'il s'en défie un peu, concurrence oblige.

Pendant qu'on les sert, ils échangent

quelques banalités dont ils savent bien tous les deux qu'elles doivent les mener sur un terrain professionnellement balisé. La rencontre entre une journaliste et un lieutenant n'est jamais fortuite. Mireille finit par pousser son pion :

– Alors, vous en êtes où de l'affaire Cravan ?

Philippe Cuniasse la fixe comme s'il cherchait à deviner ses intentions.

– Nulle part, l'enquête est en cours. C'est toujours toi qui couvres ?

– Pour le moment. Elle m'intéresse, cette affaire !

– Ah... Pourtant, c'est un fait divers aussi triste que banal... Non ?

Mireille croise son regard, elle sent que cette phrase est un hameçon auquel elle ne doit pas mordre. Elle relance par une autre question :

– Et le copain de la victime, Lucas, il vous a été utile ?

Le lieutenant hausse les sourcils :

– Tu es drôlement bien renseignée on dirait ! Tu savais qu'il était convoqué aujourd'hui ?

– Ce n'est pas un exploit, je l'ai rencontré tout à l'heure...

– Le hasard fait bien les choses chez les journalistes ! En effet, il est venu, mais si tu t'attendais à des révélations croustillantes, tu vas être déçue. D'abord parce qu'il n'a fait que confirmer tous les témoignages que nous avons recueillis, et ensuite parce que si tel n'avait pas été le cas, je ne t'aurais rien dit !

Il sourit. Mireille cache mal sa nervosité. Philippe Cuniasse constate qu'elle a encore des progrès à faire dans l'interrogatoire des enquêteurs de police. La recherche d'infos est un métier qui s'apprend, et réclame des années de travaux pratiques ainsi que des prédispositions en roublardise. En même temps, il ne peut s'empêcher de trouver son ingénuité touchante. Il relance :

– Ton Lucas, il aurait dû nous révéler des choses ?

– Je ne sais pas moi ! Il avait l'air tellement retourné que je me suis dit que peut-être...

– Eh non ! Mais comme je te vois passionnée par l'histoire, je vais te faire une confidence...

Mireille redresse la tête.

– Mais il ne faut pas que ça apparaisse dans les colonnes du journal, on est bien d'accord ?

« Tu me prends pour qui ? » semble demander Mireille d'un mouvement du menton.

– Et tu ne m'amènes plus de P.-V. à faire sauter pendant au moins deux semaines ? Bon. Ça concerne le tireur, Félix Kovac, celui qui s'est suicidé...

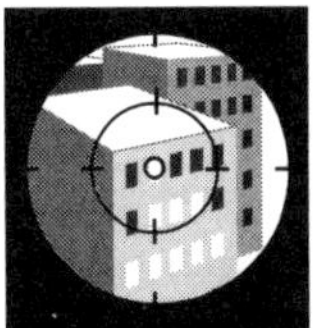

# 8

*Mercredi 21 h 03*

– Oui maman, d'accord... Je rentrerai juste après... Oui, un sandwich. De toute façon, ce n'est pas très bon de se goinfrer avant une bonne suée, tu sais... À tout à l'heure, il faut que j'y aille.

Lucas raccroche et sort de la cabine. Pour ses parents, il a téléphoné du club : un entraînement de Sao exceptionnel. Mensonge débité sans conviction, qui n'aura sans doute leurré personne. Sa mère sait que ce soir il lui ment, Lucas sent qu'elle le sait. Chacun se retranche derrière un faux-semblant qui évite d'avoir à poser les vraies questions. Le mensonge est quelquefois le masque de la pudeur.

Il a quelques heures devant lui.

Lucas contemple les barres qui lui font face. Il attend que le jour agonise et crache des ombres brouillonnes sur les façades craquelées. Les éclairages publics s'allument les uns après les autres, jetant des flaques d'une blancheur maladive aux pieds des derniers passants. Le spectacle est sinistre, à jamais marqué par la mort d'un homme. Il plane un deuil inconsolé sur ce morceau de quartier rongé par une tumeur de ciment.

Lucas respire à fond un air tiède et écœurant. Une angoisse lui tord l'estomac. En face commence un territoire de silhouettes furtives, de chuchotements, de brusques cavalcades et de cris de ralliement. Une autre ville, gonflée de rumeurs, d'autres codes. Un pauvre décor crayonné par les récits de Max, qui y avait ses entrées. Lucas n'a pas son passeport pour l'ombre des barres. Il va pourtant falloir s'y risquer.

Il avance, traverse la rue en lorgnant machinalement vers une fenêtre du douzième étage et gagne le passage qui s'insinue entre les deux blocs. On dirait une porte dont les deux battants immenses sont prêts à se refermer sur l'intrus. À le broyer.

La nuit est tombée. Une nuit sans lune, opaque.

Lucas se rend compte qu'il n'a aucune idée de ce qui l'attend. Jamais il n'a franchi, même en plein jour, cet espace ridicule qui mène sur l'arrière des barres d'immeubles. Zone interdite. Sans qu'aucune interdiction ait jamais été affichée, ni proférée par quiconque. Un fait, admis par tous les habitants alentour : on ne va pas là. Et Lucas a grandi en lisière de cette frontière invisible sans jamais ne serait-ce que penser la franchir. Cela lui apparaît tout à coup incroyable, et imbécile.

La frontière est derrière lui. Il s'arrête.

La pénombre est ici plus épaisse, les rares éclairages ayant été brisés. Lucas distingue un square étroit et miteux à une centaine de mètres, où une ampoule rescapée trace les reliefs d'un toboggan encore pris d'assaut par un groupe de gamins. De part et d'autre du square s'enfoncent des ruelles pavées, bornées de murets écornés. Elles conduisent à des constructions en briques rouges, abris à vélos ou salles de réunion, pour autant qu'il puisse en juger. Au-dessus de lui, visibles par les fenêtres ouvertes, brûlent des foyers cathodiques. Le film qui s'y consume projette sur les rebords des lueurs électriques. Les bandes-son de programmes concurrents se télescopent, on dirait qu'une dispute éclate. Et puis, un peu plus loin, il y a les fantômes, les sentinelles des cages d'escalier.

Lucas, qui s'est un peu habitué à la noirceur des lieux, les observe du coin de l'œil. Il sait que sa venue a déjà été annoncée. Il a peur. Se sent scruté, disséqué par des yeux inquisiteurs. La méfiance règne dans chaque poche obscure. Elle vous crochète la nuque, met vos sens en éveil, douloureusement.

Il se remet en marche. Des murmures l'accompagnent.

Lucas a choisi la voie de gauche. Les pavés sont constellés de mégots. Max. Max a marché là. Il a serré des mains, salué de vagues connaissances, peut-être embrassé des filles. Il ne viendra plus.

Lucas a parcouru une vingtaine de mètres, la chaussée accusant maintenant un léger dénivelé. Ses yeux effleurent un banc du square. Le muret de droite marque un décrochement qu'il dépasse.

– On se balade, mec ?

Lucas tourne la tête, lentement. Il essaie de dompter le cheval qui lui galope dans le cœur. Ne pas montrer de panique, même si elle est là, qui commande de fuir tout de suite. Il est dans la salle d'entraînement, se barde de protections sous l'œil attentif de Jean-Pierre. *La peur, c'est de l'énergie, il faut s'en servir. La garder en soi, la rassembler.*

Ils sont une petite dizaine adossés sur sa droite au mur aveugle d'un local en briques sales. On ne voit pas les visages, sauf parfois à la lueur d'une cigarette qui grille. Juste les taches de survêtements clairs ou de tee-shirts blancs.

Certains se déplacent sans bruit pour se poster face à lui, d'autres sont déjà prêts à lui couper la retraite.

– Je cherche Chérif.

L'un d'eux s'avance de quelques pas, Lucas discerne deux yeux clairs dans un visage maigre. Le nez est cassé. Probablement celui qui l'a apostrophé. *Vous devez sentir si on vous agresse bien avant qu'on ne vous frappe. Dans la rue, si vous prenez le premier coup, vous perdez ! Il faut rester en alerte, tracer mentalement un cercle autour de soi, et se dire qu'à l'intérieur du cercle on est en sécurité. Celui qui vous fait face ne doit jamais franchir la limite du cercle. S'il le fait, c'est qu'il n'a plus l'intention de discuter…*

– Chérif, hein ? Chérif comment ?

– Chérif. Je ne connais pas son nom, c'est un copain de Max, celui qui s'est fait tuer il y a quelques jours. Je dois lui parler.

– T'as quelque chose à lui vendre ?

Sur sa gauche, un grand maigre s'est approché. Il garde une main dans la poche de son short en jean déchiré. *En combat de rue, il n'y a pas de round d'observation. Il faut prendre l'avantage tout de suite ! Votre première technique doit faire très mal. Ne frappez pas pour rien. Explosez.*

Le grand maigre a fait encore un pas. Le cercle… La jambe de Lucas se détend, son tibia s'écrase sur les franges du short, juste au-dessus du genou. L'autre est fauché, sa jambe cède. Lucas reçoit un coup qui glisse sur son épaule, il donne une ruade, son talon s'enfonce dans quelque chose de mou, il entend un gémissement qui se prolonge, pare sur l'extérieur un crochet approximatif et enchaîne par un coup de genou dans les côtes flottantes. Devant lui, une trouée, il démarre, coudes au corps, et dévale la ruelle, plusieurs types à ses trousses. Le chemin pavé part en courbe et contourne le square. Il saute le muret et soulève la poussière de l'allée qui longe le toboggan. Les gamins applaudissent à son passage, ravis d'être aux premières loges d'un spectacle qui n'a pas l'air de les effrayer plus que ça. D'autres formes devant, il oblique, s'orientant comme une balle de flipper qui bute sur des plots mouvants. Se sortir de là. Par le passage entre les barres, impossible, on l'attend, alors contourner l'immeuble de gauche, en espérant qu'une issue permette d'accéder à la rue Jean-Lorrain. Une meute de cris de rage le talonne. Un terrain de basket encagé se présente. Il donne un coup d'épaule dans la porte, elle rebondit et heurte son plus proche poursuivant qui perd quelques précieuses secondes à se remettre du choc. Lucas a déjà traversé le terrain et atteint une seconde porte. Il tire. Le grillage lui écorche la paume de la main. Fermée par une chaîne. Lucas s'acharne, les grillages tremblent sous la violence de ses efforts, un frisson métallique se propage dans les mailles de l'enceinte mais la porte ne cède pas. Il se retourne.

Ils sont déjà sept sur le terrain, en arc de cercle. D'autres progressent derrière les grillages pour s'installer comme autour d'une arène. Lucas n'entend que le souffle de sa propre respiration et le glissement des semelles de ses assaillants sur la terre battue. Une sueur acide lui coule dans les yeux. Il serre les poings.

– T'assures en baston, mec !

La même voix que dans la ruelle. Avec en plus un frémissement de rage.

– Mais là, ça va être plus dur.

Lucas essuie son front de son avant-bras.

– Je voulais juste parler à Chérif...

– T'inquiète pas, on lui dira que t'es venu !

Quatre se déploient, deux de chaque côté, Lucas bascule aux deux tiers le poids de son corps sur sa jambe droite. C'est elle qui doit l'ancrer au sol. Son regard est planté dans la poitrine de celui qui est le plus près. Il n'a plus peur, l'adrénaline lui procure une dose d'inconscience opportune. Une partie de lui se prépare à la douleur. Il n'a même pas l'idée de crier.

Ils sont à deux pas. Le type au nez cassé reste un peu en retrait, probablement attend-il que Lucas soit touché pour le finir. L'excitation de la curée se lit sur les visages. Une soif de sang. Il ne manque que l'étincelle.

C'est au moment où elle va se produire qu'un long sifflement retentit. Les corps se détendent aussitôt, on recule de quelques centimètres devant Lucas au bord de la rupture. Une silhouette a fait son apparition et contourne le terrain avec lenteur. La porte d'accès vient battre contre le grillage et Chérif, avec une nonchalance étudiée, s'avance pour se planter derrière le nez cassé.

– Alors Sam, y'a embrouille ?

Nez cassé lui répond sans le regarder :

– Il dit qu'il te connaît, mais nous on ne le connaît pas...

Chérif observe Lucas avec une attention soutenue.

– Exact. C'est un pote de Max.

Lucas pousse un soupir de soulagement et se relâche enfin. Tous ceux qui étaient sur le terrain font demi-tour et sortent, se désintéressant de lui. Chérif vient de lui procurer un sauf-conduit, ils n'ont plus aucune raison de s'attarder. Seul Sam semble déçu de voir Lucas s'en tirer à si bon compte.

– La prochaine fois, grimace-t-il, viens de jour, mec, sinon je pourrais confondre...

Puis il tourne les talons et se retire en traînant les pieds.

Chérif s'approche de Lucas et s'accroupit à sa gauche contre le grillage. Il prend une cigarette et lui en propose une. Lucas refuse d'un geste de la main et s'assoit aussi.

– Ils ne sont pas très accueillants chez toi... Ça ne doit pas être la planque pour les vigiles !

– Y'a pas de vigiles.

– J'en ai vu un l'autre soir !

– Y'a que des dealers qui viennent traîner dans le coin, et on n'en veut pas.

– Je dois avoir une tête de dealer... Dis-moi, avec vos méthodes, ils vont vite comprendre qu'ils ne sont pas désirés dans le secteur !

Chérif le fixe avec un regard de poisson mort :

– Ce sont des ordures, et ils ne sont pas les derniers à te sortir une lame... Je ne vois pas pourquoi on prendrait des gants !

– Ou alors des gants de boxe...

Un sourire se fraie difficilement un chemin sur les lèvres de Chérif qui l'observe à nouveau. Lucas comprend qu'il doit expliquer les raisons de sa présence. Il réfléchit un instant :

– Ces dealers, Max était en rapport avec eux ?

– Max ? ricane Chérif, je croyais que tu le connaissais bien !

– Je me doute un peu de la réponse, mais je préfère être sûr !

– Max, c'était un pote. On n'a aucun pote dealer !

– Alors qu'est-ce qu'il trafiquait avec vous ?

Chérif se rétracte instantanément : une huître sous un jet de citron.

– Qu'est-ce que ça peut te foutre ? Toi aussi tu travailles pour les flics ?

– Comment ça « toi aussi » ?

Lucas sent qu'il ne faut pas que la suspicion s'installe :

– Écoute, Max était comme mon frère, mieux que mon frère même ! On était… ensemble, tu comprends ? Il a été tué sous mes yeux, sous les tiens aussi, et je cherche juste à savoir si c'est la fatalité ou autre chose qui a appuyé sur la détente.

– Qu'est-ce qui te fait croire que ça peut être « autre chose » ?

Lucas hésite, puis se lance :

– On m'a menacé, pour que je ne dise rien aux flics…

– Mais, tu voudrais leur dire quoi ?

– Justement, je ne sais pas ! Je pensais que la menace pouvait venir de vous…

– Le délire ! T'es bizarre comme mec !

– Non, j'essaie de comprendre ! Max m'a toujours laissé entendre qu'avec ses potes des barres, il ne faisait pas que des parties de pétanque. Sa mort va entraîner une enquête, et vous n'avez certainement pas besoin qu'on vienne mettre le nez dans les trafics auxquels Max était mêlé. Comme on était très proches, j'aurais pu être le confident de…

– Je vais te dire un truc : t'aurais rien pu apprendre aux flics, ils savent tout ! Alors on n'avait aucune raison de te mettre la pression. C'est vrai qu'avec Max on faisait du bizness. Un type a passé une grosse commande à Sam, des deux-roues pour la fin du mois. Max en avait déjà maquillé certains pour nous, mais quand Sam l'a branché, il a refusé. Trop gros pour lui. Y'a pas mal de pognon en jeu mais pas assez pour menacer de te buter, ou te casser une jambe ! Et je te répète que les flics savaient !

– Comment ?

Chérif écrase sa cigarette et se relève d'un bond.

– Par Félix, celui qui a flingué Max, Félix Kovac !

– Il travaillait pour la police ?

Chérif crache par terre.

– Ce Félix, c'était juste un putain d'indic, une balance ! Il a bien fait de se flinguer.

Lucas se lève à son tour et se passe les mains sur le visage, comme s'il voulait effacer toute la fatigue qui s'accumule en lui. Chérif lui balance une grande tape sur l'épaule.

– T'as pas à t'en faire, mec, puisque je te dis que personne te cherche d'embrouilles !

Lucas ferme les yeux. *Ne dis rien aux flics. Parce que je le saurai. Et alors au revoir petit Lucas !*

– T'as sans doute raison Chérif, je ne vois pas pourquoi je m'en ferais...

Il se rend compte qu'il tremble de tous ses membres. L'effet retard de son expédition. Apparemment, Chérif ne remarque rien. Lucas lui tend la main :

– Allez, salut ! Et ça m'arrangerait que tu ne parles de ça à personne... Même si les flics...

Chérif se marre, pour la première fois.

– Tu peux être tranquille, mec, si les flics m'embarquent, ce sera pas pour que je leur cause de toi ! Ou alors en fin de liste ! Mais ça te laissera le temps de te barrer en Argentine, tu peux me croire !

– Puisque tu le dis...

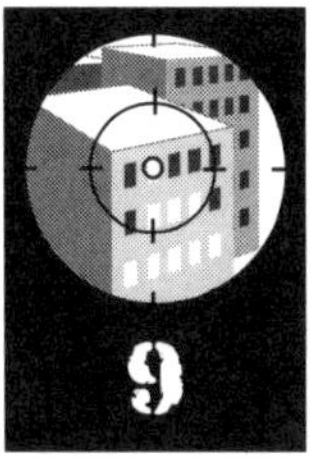


*Jeudi 12 h 45*

Lucas ramène les pans de son blouson sur sa poitrine. M. Météo l'avait annoncé, l'anticyclone des Açores commence à foutre le camp au sud de l'Espagne, c'est la fraîcheur garantie. Le ciel est couvert, un dais gris perle immense coiffe le siège social du *Quotidien Républicain* en face duquel, une chemise cartonnée posée sur la table du bistrot, il sirote un café.

Il ne quitte pas des yeux la porte vitrée là-bas, guettant la sortie de Mireille. Il ne sait rien de ses horaires, il a pris le pari qu'elle serait à son bureau ce matin, et qu'elle en sortirait à l'heure du déjeuner.

Il a cédé à l'envie de la revoir. Une mauvaise conscience le taraude. Leur dernière rencontre s'est terminée sur une note discordante uniquement parce qu'il s'est vengé sur elle de sa propre indécision. Le temps qu'il s'en rende compte et elle massacrait déjà sa boîte de vitesses dans une sortie de virage !

Il s'est mis dos à un mur et, rien qu'en tournant légèrement la tête, il peut contrôler les entrées et sorties. Au cas où. À certains moments, il ne songe qu'à ses cours, aux résultats sportifs du jour, à l'actualité. À d'autres, il se voit en bête traquée, chaque passant est un tueur et chaque minute qui passe prépare la mort brutale, stupide et imparable qui va venir le frapper. Ces bouffées de terreur l'épuisent. Dans tous les cas, le visage de Mireille agit comme un réconfort lointain dont il ne s'explique pas le pouvoir.

– Tu attends quelqu'un ?

Par où est-elle entrée ? Tu parles d'un système de surveillance ! Si le tueur s'était avisé de... Mais, que viendrait-il faire ici ? Du calme, du calme...

Mireille savoure l'effet de surprise. À peine est-elle assise qu'on lui apporte un cocktail de jus de fruits ; elle a ici ses habitudes.

– Au fait, je peux ? demande-t-elle hypocritement.

– Bien sûr.

Voilà, ça le reprend. Il sent les phrases intelligentes le fuir. Et des bataillons de banalités s'avancer au pas de charge.

– Tu... tu ne travaillais pas, ce matin ?

– Si, mais j'étais sur le terrain. Je boucle une enquête…

Elle n'en est pas peu fière ! Ses pupilles ont des reflets de champagne.

– Grande reporteuse, reportrice, comment on dit ?

– On le dit comme si j'étais un homme. Mais ce titre ne s'applique pas encore à mes modestes activités. Un jour peut-être…

– J'espère.

N'importe quoi ! Si c'est pour continuer sur cette lancée, autant reprendre tout de suite sa chemise cartonnée et retourner chez lui colorier un *Mickey Parade* !

– Et toi, les études, ça marche ?

Bon, il n'est pas le seul à faire du hors-piste dans la semoule, c'est toujours ça ! Et il se met à expliquer : le collège jusqu'en troisième, avec Max en tandem, Max qui descend de vélo à l'orée de la seconde, les matières qu'il aime, les profs qu'il déteste, il a ouvert la vanne, et ne s'arrête plus, noyant sous un flot de paroles les trois jours de tension qu'il vient de traverser, un deuil invivable en bandoulière. Lucas se laisse emporter par ce courant puissant, et Max enfourche les moindres anecdotes, remplit chaque moment digne d'être raconté, et Lucas sent sa gorge qui se serre en réalisant que son ami est partout dans ce paquet de souvenirs confus. Bientôt il s'interrompt, il faut briser le flot, se reprendre, ne pas se laisser déborder par l'émotion, faire bonne figure. Il n'est pas venu pour apitoyer.

– Tu reprends un verre ?

Mireille se déhanche et fait signe au garçon de lui apporter la même chose, ses ongles vernis tapotent sur la table et, dans le creux de sa gorge, une perle attachée par une chaîne toute simple tressaute, comme si elle était en vie.

– Excuse-moi de reparler de mon copain, je n'y peux rien, c'est plus fort que moi. Je lui dois beaucoup. C'était un type du genre à mourir juste pour que je te rencontre...

Deux yeux noirs qui le fixent, un battement de paupières qui s'accélère...

– ... Enfin presque...

Mireille avale une gorgée de cocktail, mal à l'aise. Cherche une échappatoire à l'ambiance un peu trouble :

– Tu n'as rien déclaré à la police... Pour le coup de feu...

Lucas se raidit.

– Tu émarges aussi aux Renseignements généraux ?

Désarçonné, il redevient agressif, bêtement. Mireille l'avait prévu ; cette fois, elle ne s'en formalise pas.

– Je ne veux pas te bousculer…

Elle anticipe la pique que Lucas s'apprête à lui lancer.

– … Ni trouver à tout prix de la matière pour un article, crois-moi ! Mais je ne peux pas ignorer ce que tu m'as toi-même appris concernant la détonation. Ce n'était pas qu'un simple accident l'autre soir, j'en suis convaincue. L'homme à la carabine, le meurtrier, il travaillait pour la…

– Police, je sais.

– Ah…

– Les jeunes des Dominos étaient au courant.

– Et l'expertise balistique a montré que les deux victimes avaient bien été tuées par la même arme !

Lucas réfléchit, ou fait semblant, reparti ailleurs, vers un passé proche qui fait tache de sang.

– Tu ne m'as pas répondu.

La voix de Mireille s'est adoucie, ça ne ressemble plus à un interrogatoire professionnel.

– Non, je n'ai rien dit.

– Pourquoi ?

– Je ne peux pas !

– Mais il te suffit de le leur annoncer, ils procéderont à un complément d'enquête, et si tu t'es trompé, ils finiront par l'apprendre ! Du moment que ta bonne foi n'est pas en cause !

– Ce ne sont pas les conséquences de mon témoignage que je crains, tu n'y es pas !

– Mais alors quoi ?

– Laisse-moi !

Lucas a repoussé sa chaise et fouille sa poche à la recherche de monnaie. Mireille le retient :

– D'accord, d'accord, n'en parlons plus. Reste un peu. Et écoute-moi.

Lucas obéit, mais garde sa chemise cartonnée sous le bras : le répit accordé ne durera pas éternellement.

– Tu as tes raisons pour ne rien dire, admettons, mais on ne peut obliger la journaliste que je suis à révéler ses sources. Demain, si je sors un article qui contient quelques éléments capables de relancer l'enquête, voire de l'orienter dans une certaine direction, le coup de feu par exemple, personne ne saura que ça vient de toi. Et tu n'auras rien à te reprocher vis-à-vis de ton copain. Qu'est-ce que tu en penses ?

– Les flics n'auront aucun mal à en deviner l'origine !

– Ah bon ? Et comment feraient-ils ? Non, ils interrogeront à nouveau tous les témoins directs, leurs questions seront simplement plus précises ! Tu peux très bien t'en tenir à ta déclaration initiale. Si réellement un seul coup de feu a été tiré, tu n'as pas été le seul à le remarquer, même si tu es le seul à t'en être souvenu !

Lucas se laisse convaincre par l'argument. Plus vite l'enquête avancera, plus vite on classera l'affaire. Confusément, il mesure la lâcheté de ses réflexions, mais une peur acide le ronge de l'intérieur. C'est la panique qui emporte sa décision.

– D'accord, soupire-t-il, sors ton article, mais fais attention à ce que mon identification soit impossible. Je ne peux pas t'expliquer pourquoi mais c'est très important.

Il scrute une réaction sur le visage de Mireille, puis il fait rouler son verre entre les paumes de ses mains et ajoute :

– Ne me juge pas trop mal…

Elle lève les yeux :

– Quand on y verra plus clair, peut-être que je te jugerai. Mais nous n'en sommes pas là ! Allez, je file ! N'oublie pas d'acheter le journal demain !

Et Lucas reste seul à la table.

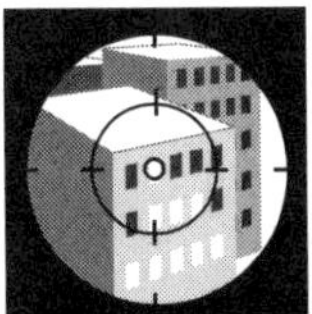

# 10

*Jeudi 18 h 30*

Le soleil est revenu. Fin d'après-midi.

Lucas s'est décidé. Il est là, un peu en retrait, les gestes empruntés, le désespoir timide.

Il n'a pas assisté à la cérémonie religieuse. C'est volontaire. Question de solidarité, Max ne supportait pas l'odeur des bougies.

La foule est importante. La famille bien sûr, silhouettes noires glissant sur le vert des pelouses, les voisins, et puis des anonymes, du quartier pour la plupart, accompagnant un corps qui aurait pu être celui d'un fils, d'un fiancé, d'un mari ; le destin a frappé au hasard, les journaux l'ont dit.

On fait cercle autour d'une fosse. Des oiseaux chantent comme s'ils étaient seuls. Un prêtre entame son oraison.

Lucas ne distingue pas les paroles prononcées. Il a envie de fuir, lui qui avait décidé de ne pas venir. Les morts qu'on enterre meurent vraiment. Pour de bon. Il est venu pour ceux qui pleurent là-bas. En soutien. Alors qu'il a du mal à tenir debout.

Il s'approche, les paroles du prêtre se font plus audibles mais il ne les comprend pas. Il cherche un endroit où poser son regard, une surface sans larmes, apaisée, mais où qu'ils aillent ses yeux s'écorchent. Fanny, méconnaissable, les parents aux visages murés. Trop tard pour s'enfuir.

Il s'est arrêté quelques mètres en arrière du groupe et constate qu'il n'a plus sa chemise cartonnée. Oubliée dans le bus. Aucune importance, elle ne contenait que des résumés de cours, faciles à récupérer. Il joint ses mains contre son ventre, pour faire comme tout le monde, scrute la foule qui lui fait face. Des têtes connues, des présences surprenantes, comme M. Barbier, le prof de maths, une expression grave au fond des yeux, des copains du collège, et Chérif, un peu à l'écart entre deux tombes. À trente mètres en retrait, un des lieutenants de Jarnier fait de la présence obligatoire, adossé à un peuplier.

Un sanglot déchire le silence recueilli qui a suivi l'oraison funèbre, on se resserre autour de Mme Cravan tandis que se forme une rangée prête à défiler devant le cercueil. Max. Max muet sans yeux dans le noir. Lucas se met à trembler, il ne peut plus, recule, lutte pour ne pas courir, il doit quitter cet endroit.

Avec, et il ne l'avait pas en entrant, la mort dans l'âme.

Des heures hors du temps, un conglomérat de minutes tournoyant follement dans un cadran fiévreux. Sa montre comme une boussole dans un champ magnétique. Marcher. Nuit claire ou jour sombre il ne sait plus. Se cogner contre des souvenirs, avancer en peinant dans une neige glacée, Max est mort, on se voit tout à l'heure ? Je serai peut-être un peu en retard, Max est mort, Max sera en retard, toujours.

Lucas, épuisé, s'écroule sur un banc. Se sent vide. Attend que ça passe. Se relève. Grimpe dans le premier bus qui passe, va jusqu'au terminus, refait le chemin dans l'autre sens. Un paysage urbain défile dans la vitre, un film en continu, une machine de choses et d'hommes qui continue de ronronner. Dehors, les lumières s'allument. Lucas remonte à la surface de la douleur, aspire une bouffée d'air impur. Il se rend compte qu'il est déjà tard.

En consultant un plan, il situe sa position et se constitue un itinéraire pour rentrer chez lui. Cela prendra une bonne heure.

Ses parents ne s'inquiéteront pas de son retard. Mais Jean-Pierre remarquera son absence au club. Pas d'entraînement aujourd'hui. Ce n'est pas très grave, il en a eu un la veille qui n'était pas prévu au programme.

Lucas pense à Mireille. Il l'imagine sur son canapé, plongée dans une série noire, grignotant une pomme. Sur la moquette, il y a peut-être une tasse de thé, ou de déca. À moins qu'elle ne soit encore au journal en train de dévorer à pleines dents un jambon-beurre plastifié.

Ou au cinéma avec un ami... Il n'avait encore jamais envisagé qu'elle puisse avoir quelqu'un dans sa vie ! Un autre journaliste. Un étudiant en médecine. Un chef cuisinier. Un pilote d'hélicoptère.

Non, elle n'a personne ! Elle est comme lui.

Il vient de dépasser son lycée. Au bout de l'avenue, noires sur le coton sale de nuages bas, les barres se détachent, criblées de lumières.

Bientôt, Lucas actionne le signal d'arrêt. Il est le seul à descendre. Le soufflet de la porte automatique semble l'expulser avec soulagement.

Encore cinq minutes de marche dans les rues désertes avant d'atteindre l'allée des

Mimosas. Ce soir, du fait de la relative fraîcheur, personne ne dîne dans les jardins.

C'est avec un petit serrement au cœur qu'il aperçoit le pilier de sa boîte aux lettres, mais aucune enveloppe suspecte ne dépasse. Il sort ses clés et entre.

Ses parents sont devant la télé, absorbés par un reportage sur une ligne de chemin de fer qui parcourt les Andes. Sûrement très intéressant car les reliefs du repas du soir sont visibles par la porte de la cuisine, restée ouverte. Par correction, ils coupent le son, mais ils ne tardent pas à comprendre que leur fils n'a pas trop envie de s'étendre sur le déroulement de cette journée particulière.

Le père, directeur des ressources humaines dans une société de produits cosmétiques, se targue d'entretenir avec Lucas des rapports basés sur la confiance. Il vivrait presque comme un échec professionnel d'avoir avec lui une relation tendue, ce qui le conduit à ne lui demander que rarement des comptes. Cette autonomie dont il jouit est vécue par madame Sarago sur un mode plus inquiet. Pourtant, elle a appris à mettre un frein à ses questionnements ; après tout, Lucas ne leur a encore jamais réservé de mauvaises surprises. Et puis la situation délicate que connaît l'entreprise dont elle assume la comptabilité donne à son fond angoissé de quoi s'exprimer pleinement.

Lucas avale en vitesse un morceau de pain et de fromage. Le son de la télé est revenu. Un petit bonsoir et il gagne sa chambre.

Rez-de-chaussée, au fond du couloir à gauche. La fenêtre donne sur la haie qui fait le tour du pavillon. Pas assez de verdure pour entendre bramer des cerfs mais, avec un peu d'imagination, on peut ne pas se croire tout à fait en ville.

Lucas embrasse d'un coup d'œil le mobilier familier. L'ensemble lui apparaît cruellement enfantin. Il a grandi entre ces quatre murs dont le décor a évolué avec lui, mais ce soir, il se sent d'un âge auquel un tel endroit ne pourra plus jamais convenir. S'il décroche son bac, il aura droit à un studio indépendant. Encore deux années qui promettent d'être interminables. Il ne se voit pas recevoir Mireille ici, le décalage entre leurs existences est trop grand.

Il déplace la chemise cartonnée abandonnée sur le lit et s'allonge en soupirant. Vieillir d'un coup, brûler les derniers mètres d'enfance dans un sprint brutal, c'est à cela que l'aura conduit ce morceau de septembre calciné.

La chemise... Il ne l'avait pas au cimetière. Il se revoit la poser sur la banquette du bus en chemin, à côté de lui, puis l'oublier alors qu'il avait bondi pour ne pas manquer l'arrêt !

Lucas se redresse d'un coup de reins, il la prend, la retourne pour l'examiner ; c'est bien la sienne. Il écarte les élastiques et glisse sa main pour en extraire ses cours. Il n'en manque aucun. Mais entre deux feuilles de classeur recouvertes de listes de mots anglais, il y en a une autre, pliée en deux, toute blanche. Pas à lui. Lucas hésite, s'en saisit comme si elle pouvait lui exploser entre les mains.

*Un autre conseil, petit Lucas, ne dis rien non plus à la jolie journaliste ! Elle sera moins jolie quand elle sera morte… Tu ne veux pas qu'elle meure, n'est-ce pas ?*

Les parents de Lucas se retournent en entendant la cavalcade. Lucas les regarde à peine, bafouille une explication où ils comprennent en gros qu'il se rend à la cabine au coin de la rue, puis la porte d'entrée claque sur lui. Le père se tourne vers sa femme :

– Est-ce que tu as dit à Lucas que nous avions le téléphone depuis plus de vingt ans ?

– Je suppose qu'il s'en est rendu compte,

chéri. Il doit avoir besoin d'être tranquille pour discuter...

– Il a une copine ?

– Vu la façon dont il est sorti d'ici, je doute que ton fils appelle l'horloge parlante !

Le père secoue la tête.

– J'espère que c'est le cas. Ça lui changerait les idées. Il en a bien besoin depuis la mort de ce pauvre Max.

– Il faut lui laisser un peu de temps.

– Oui. Le temps, c'est le pansement qu'on met sur tout. Quand on ne sait rien mettre d'autre.

Lucas enfonce sa carte et attend la tonalité. Il s'est trop précipité, il faut refaire l'opération. En rage, il manque de fracasser le combiné contre la vitre de la cabine. Doucement... Il fonctionne, c'est déjà un miracle...

Il recommence en s'imposant le calme. Ça marche. D'abord les renseignements. Pas de chance, Mireille Zani est sur liste rouge. Lucas étale sur la tablette en métal l'exemplaire du *Quotidien Républicain* qu'il a pris soin d'emporter et compose le numéro du standard. Quelle heure est-il ? 23 h 10. Pourvu qu'il y ait encore quelqu'un !

– Allô ?

– Le *Quotidien Républicain* ?

– Attendez, je vous les passe !

Coupure, intermède vivaldien à vous scier les nerfs dans le sens de la longueur. Vingt secondes défilent.

– Allô ? Le *Quoti*...

– Mireille Zani ! Pourrais-je parler à Mireille Zani, s'il vous plaît, c'est très important !

– Ah mais c'est qu'elle n'est plus là, monsieur ! Elle n'est pas gardien de nuit vous savez !

Lucas se mord les lèvres. Réfléchir, vite !

– Auriez-vous son numéro personnel ? J'ai quelque chose d'urgent à lui transmettre !

– Ah ah ! Ce n'est pas possible, monsieur ! Non, pas de numéro personnel !

– Vous le connaissez, au moins ?

– Je ne peux rien vous dire, monsieur, non !

– Mais vous servez à quoi ?

Petit temps de silence. Lucas n'aurait pas dû s'énerver, ça ne peut que compliquer les choses.

– Je vais vous passer quelqu'un, ne quittez pas !

Vivaldi remonte sur scène. Le marchand des *Quatre Saisons* vend à nouveau sa camelote. Lucas se retient de crier.

– Allô ! Qui est à l'appareil ?

Sans doute un ancien gardien du bagne de Cayenne... Une voix aussi mélodieuse qu'un caillou coincé dans une canette.

– Allô ! Ici c'est le rédacteur en chef ! Qui êtes-vous bon sang ?

– Bonsoir, je m'appelle Lucas, j'aurais besoin de joindre absolument Mireille Zani...

– À quel sujet ?

– À propos d'un article qu'elle doit sortir demain, et...

– Elle est partie. Rappelez demain !

– Mais c'est ce soir que...

– Écoutez, mon petit vieux, vous nous emmerdez ! Je ne sais si vous êtes au courant mais dans un quotidien on travaille ! On a donc autre chose à foutre que d'écouter vos conneries !

– Il me faudrait juste son téléphone, ou son adresse !

– Et pourquoi pas son code de carte bleue tant que vous y êtes ! Si Mireille n'a pas jugé bon de vous les communiquer elle-même, je ne vais certainement pas jouer l'entremetteur !

– Monsieur, s'il vous plaît...

– Allez au dodo ! Et je ne vous conseille pas d'y revenir, sinon, moi, je vous envoie les flics aux fesses ! Terminé !

Tonalité. Lucas lâche le combiné qui vient heurter la paroi, puis se balance au bout de son cordon. Il ouvre la cabine, reste quelques secondes le nez au ciel et se retourne pour donner un grand coup de tête dans la porte vitrée. Acte gratuit, inutile. La nuit continue de mâcher son encre au-dessus des arbres immobiles, la ville indifférente s'assoupit.

Dans quelques heures, les rotatives de l'imprimeur cracheront des milliers de fois l'article de Mireille, sans un hoquet. Le bruit résonne déjà dans la tête de Lucas. Un peu plus tard, les yeux du tueur le parcourront attentivement.

Alors il inscrira la journaliste sur son carnet de balles.

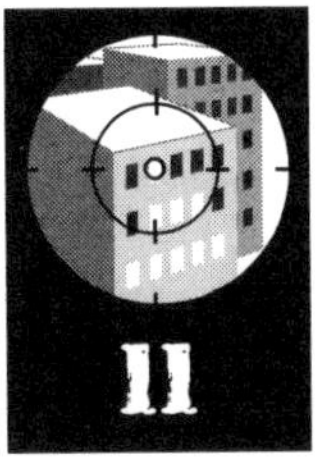


*Vendredi 9 h 05*

Philippe Cuniasse se penche vers la déposition d'un petit voleur à la tire coincé la veille au soir sous le tableau de bord d'une Mercedes. Un beau flag. Il dénombre les fautes d'orthographe essaimées par l'auxiliaire qui s'est chargé de l'enregistrer : sept en huit lignes. Peut mieux faire : une par ligne aurait donné un compte rond.

Il relève la tête en sentant Cuba lui investir les narines. Le commissaire doit être en manœuvre d'approche. Bon, tout à l'heure il ira prendre un café, moins pour fouetter ses neurones que pour plonger sa truffe au fond de la tasse, histoire de se capitonner les narines aux senteurs pur arabica. Il rêve Brésil et Colombie quand un journal s'abat devant lui.

– Ça boume, Cuniasse ?

– Bonjour patron.

– Vous avez lu les nouvelles ?

– Moi, le matin, je suis plutôt *Équipe* que *Quotidien Républicain* !

– Page cinq, en bas à droite.

Le lieutenant déplie le journal et lit l'article désigné. Il est signé Mireille Zani.

– Vous en pensez quoi ?

« Qu'elle n'a rien dit sur Félix Kovac » se félicite-t-il d'abord, soulagé. Puis, à voix haute :

– Ben, comme ça...

– Brillante analyse !

Pas trop de bonne humeur, le commissaire. Probable qu'il a commencé sa journée en plongeant sa cravate dans son bol de café crème...

– Parmi tous les mômes qu'on a interrogés, y en a-t-il un qui nous ait parlé de cette histoire de coups de feu ?

– Je ne crois pas.

– Alors d'où vient cette idée qu'il n'y en aurait eu qu'un seul de tiré ?

– Faudrait demander à la journaliste !

– Zani ? Vous pourriez peut-être vous en charger, vous la connaissez un peu, non ?

Évidemment, un lieutenant ne saurait compter une journaliste dans ses relations sans que le commissaire soit au courant ! Ce genre d'information est précieux quand on a pour attribution, entre autres, de prévenir d'éventuelles fuites sur les affaires sensibles. Ce n'est d'ailleurs pas un exploit, son passage éclair au quotidien de Hyacinthe Zani est inscrit sur son dossier, dossier que Jarnier pourrait sans doute réciter par cœur.

– J'essaierai, mais vous savez comment ils sont ; très chatouilleux sur le chapitre de la liberté de la presse. « Journaliste, pas indic ! » Je la vois gros comme une maison, sa réponse ! Elle ne me dira rien !

– Peut-être qu'elle affabule… Ce ne serait pas la première crapoteuse de bas étage qui se verrait bien présenter *7 sur 7* ! Quitte à s'arranger avec des rumeurs infondées pour les métamorphoser en scoops ! Le stylo-bille qui se fait baguette magique, vous voyez ?

Philippe Cuniasse, pour ne pas défendre Mireille de façon trop ostentatoire, se contente d'ébaucher une moue dubitative. Mais les allégations de Jarnier lui restent quand même en travers de la gorge ! Pas Mireille, commissaire, allons !

– De toute manière, reprend le patron en se dirigeant vers son bureau, vous allez revoir tous les témoins de lundi soir et les faire mijoter à feu doux. Ça ne peut venir que de là !

Philippe Cuniasse constate que Jarnier ne referme pas la porte derrière lui. Traduction : l'entretien n'est pas terminé. De sa place, il jouit d'une vue imprenable sur le repaire du grand chef.

Le commissaire s'installe dans son fauteuil, l'air sombre, puis il écrase son premier cigarillo dans le cendrier qui orne son plan de travail, un singe sculpté dans une noix de coco évidée. Un très bel objet qui ne cadre pas vraiment avec le personnage, mais chacun son jardin secret... Il sort ensuite de sa poche intérieure une boîte métallique et l'ouvre religieusement. Bon, il n'enchaîne aussi vite sur un deuxième cigarillo qu'en cas de gros soucis ! Le lieutenant juge utile de le rejoindre.

– Un problème ?

Jarnier craque une allumette et envoie des signaux mystérieux à une tribu invisible : gros nuage, deux petits, encore un gros. Peut-être S.O.S. en alphabet cubain ?

– Dites-moi, Cuniasse, c'est bien vous qui avez ferré Félix ?

– Oui.

– Est-ce que Félix et le jeune Cravan se connaissaient ?

– Je ne crois pas, non ! Le môme ne fréquentait qu'épisodiquement ceux des Dominos. Félix avait pour consigne de surveiller les activités de la petite bande montée en réseau en bas de chez lui, pas les satellites.

– Une bande menée par ?

Le lieutenant va consulter ses fiches puis se présente au rapport.

– Deux meneurs répertoriés : d'abord Chérif Boudouane, qui discutait avec Max Cravan quand il a été descendu, et puis un dénommé Sam Servan.

– Et le Max en question, il satellisait dans quelle branche ?

– Oh il avait bricolé deux ou trois scooters il y a de ça quelques mois, mais d'après les informations que m'avait transmises Félix, il n'était pas dans le coup qui se préparait.

Le commissaire se lève et, tirant sur son cylindre marronnasse, arpente la pièce.

– Depuis le début, on part du principe que la mort de Max est consécutive à un dérapage incompréhensible. Mais imaginons un instant que quelqu'un ait été visé !

– Comment ça ?

– Avec Max, il y avait deux autres mômes, Chérif, et l'autre là, Lucas Sarago. Celui-là, on peut l'éliminer... non, l'expression n'est pas très heureuse, disons l'écarter. Fils de bonne famille, jamais un pet de travers, s'il trempait dans quelque chose, c'était dans le lait, avec une tétine dans la bouche. Restent Chérif et Max. L'opération que Chérif préparait était assez importante...

– Le commanditaire parisien chapeaute un gros réseau de recel de véhicules volés, des bagnoles et des motos, qui arrose l'Afrique du Nord via l'Espagne et l'Italie.

– Donc, pour ces minables, un gros paquet à la clé ! Rien ne nous dit que la perspective de prendre de l'envergure ne leur a pas perturbé le mental, au point de les conduire à éliminer un Max que son refus de participer à l'opération aurait pu rendre dangereux. D'ailleurs, il les a peut-être menacés de tout révéler en échange d'une part de gâteau. Peinard et sans risque.

– Mais c'est Félix qui a tiré ! Il bossait pour nous !

– Félix était une balance, et une balance, par définition, ça balance de deux côtés ! Surtout si dans le plateau côté barres les gosses ont posé la promesse d'une belle compensation !

– Vous ne leur prêtez pas des épaules un peu larges pour leur âge ?

– Hypothèse, Cuniasse, hypothèse ! Il y a des fruits qui pourrissent avant même de tomber de l'arbre, je vous signale ! Autre possibilité, Sam veut se débarrasser de Chérif pour devenir calife à la place du calife, il s'arrange avec Félix pour le supprimer mais l'abruti le rate !

– Dans tous les cas de figure, Félix reste l'exécutant borné !

– Vous l'avez coincé comment, celui-là ?

– Il a écopé de dix ans, pour braquage. C'était avant votre affectation. Il était avec un complice qui a réussi à s'enfuir. Sa condamnation a été réduite à sept ans parce qu'il l'a donné.

– Bon esprit !

– À l'époque, je lui ai promis une autre réduction de peine de six mois s'il acceptait de bosser pour nous. Il a dit oui. Il nous tuyautait depuis quatre ans sur les Dominos.

– Bravo pour le portrait ! Le type qu'on aimerait avoir pour copain d'enfance !

– N'empêche qu'il est mort ! Ça ne colle pas vraiment avec vos hypothèses !

– Un par un les problèmes, Cuniasse ! Pour l'instant, sur cette histoire, on a vingt centimètres de poudreuse ! Il faut déblayer patiemment, à la petite cuillère. Ne rien négliger. Se tromper. Avancer. Chercher.

– Boire.

– Pardon ?

– Je vais boire un café, patron, et ensuite je file interroger tout ce beau monde.

– Bien. Commencez par la journaliste, on ne sait jamais !

Le lieutenant opine et sort. Sitôt dans le

couloir, il respire un grand coup. Après le bureau du commissaire, l'odeur de renfermé qui règne dans les lieux lui semble délectable, aussi pure qu'un caisson d'isolation sensorielle dans un névé des Hautes-Alpes.

L'avocat du flag de la nuit précédente l'interpelle :

– On peut voir le commissaire Jarnier ?

– Oui, cher monsieur, tous les jours, après dissipation des brumes matinales ! Vous savez tousser ?

– Je ne comprends pas…

– Vous comprendrez. C'est derrière moi…

Philippe Cuniasse fait trois pas et se ravise. Il a oublié quelque chose :

– Ah, frappez avant de tousser !

# 12

*Vendredi 9 h 55*

Lucas froisse rageusement le journal et le comprime en une boule informe qu'il jette dans le caniveau. Une vieille dame lui lance un regard chargé de reproche. Le chow-chow qu'elle tient en laisse veut se faire plus gros que le bœuf et, les quatre patounes tendues, il jappe comme s'il pesait le double de son poids de régime en croquettes vitaminées. Puis, pour se calmer, dépose en hommage aux pâturages absents son petit cadeau du jour sur les trottoirs de la ville. Du coup, la dame regarde ailleurs.

Lucas aussi. Mais son ailleurs à lui sent la sueur froide et l'aigreur d'estomac. Il a lu. Bien ficelé, efficace, surtout le passage rempli de sous-entendus habiles où l'on peut lire en filigrane les zones d'ombre que recèle encore « la tragique affaire de la rue Jean-Lorrain ». La prose est prudente, mais cette prose peut être mortelle. À partir d'aujourd'hui.

Il essaie de se raisonner ; l'article n'est pas à proprement parler une bombe, il ne révèle rien de précis. Mais il recentre l'actualité sur le drame et démontre que tous les problèmes posés par la mort de Max ne sont pas encore résolus. Pire : il suggère que certaines questions n'ont pas encore été posées ! Ne dis rien aux flics. Ne dis rien à la journaliste. Le contenu de l'article peut-il représenter pour le tueur une menace ? L'histoire du coup de feu l'implique-t-il directement ? Lucas se sent fébrile. Celui qui le harcèle a du sang sur les mains, mais le sang de qui ? Et lui, Lucas, que sait-il donc, pour mériter de mourir ? L'autre, il le talonne, l'observe, il peut tout ! Il l'a suivi jusqu'au cimetière, il était dans le bus, il a récupéré sa chemise de cours, est peut-être descendu au même arrêt, deux pas derrière lui ! Au moment de la rencontre avec Mireille, il est encore là, sans corps, sans visage, dans la rue, ou assis quelque part dans le bistrot, elle est journaliste au *Quotidien Républicain*, il le sait, il sait tout ! Et tandis qu'il promène sur eux son regard mort d'assassin, il plie la lettre juste achevée et la glisse dans la chemise cartonnée qu'il va bientôt, avec une facilité effrayante, abandonner dans la chambre d'une maison dont les propriétaires sont présents, à quelques mètres de là, devant leur poste de télévision.

Mireille...

Vite, téléphoner.

Il se rue dans une cabine et compose le numéro du journal. Toujours absente. Lucas laisse un message en suppliant la réceptionniste de le communiquer de toute urgence, puis raccroche.

Pas question de se rendre au lycée ce matin. Il est traqué, il doit brouiller les pistes ! Ne pas être là où on l'attend ! Si on l'attend...

Le bus ! Il peut contrôler qui monte avec lui, examiner les voitures qui pourraient le suivre. Bonne idée !

Lucas grimpe dans le premier qui se présente. Puis il improvise toute une série d'actions destinées à décourager un éventuel poursuivant. Tantôt il change de véhicule à la faveur d'une correspondance qui ne réclame aucune attente, tantôt il descend du bus, puis y remonte un instant avant la fermeture des portes. Parvenu au centre-ville, il se promène à pied, s'engouffrant dans de grands magasins bondés quand il sait qu'ils possèdent deux entrées bien distinctes, traversant les avenues au moment où le feu passe au vert...

Cette partie de cache-cache lui prend deux bonnes heures. Un peu rasséréné, il s'accorde une pause café. L'heure du rendez-vous est proche, et le lieu choisi à quatre pâtés de maisons.

La chaleur est revenue. L'horizon brûle de fièvre.

– Eh, Mireille, t'assieds pas !

– Et pourquoi ça ? On a scié les pieds de ma chaise ?

– Quelle idée ! Non, on a reçu un message pour toi. Il paraît que tu dois aller... que tu dois rejoindre un certain... Oh ! Raymond ! C'est Raymond qu'a pris le message... Raymond ! Y'a Mireille !

Le Raymond en question rapplique. Avec une haleine au saucisson sec muscadet en éclaireur. Un des pionniers du journal, une figure. Le roi des mots croisés. Indéboulonnable. Sa trogne s'épanouit en approchant de Mireille. Attention, bavard ! Elle le cueille à froid :

– Dépêche, Raymond, j'ai du boulot par-dessus la tête !

– Oui, on t'a appelée ce matin. Il ne doit pas bien te connaître, il a téléphoné tôt...

Très drôle Raymond...

– Qui ?

– Horizontalement, en cinq lettres :

« Jeune homme à la voix chaude, quoique anormalement animée. »

– Lucas ?

– Gagné !

– Et que disait le message ?

– Que tu dois impérativement le rejoindre à midi pile.

– Où ? Il faut t'anesthésier pour t'arracher les mots de la bouche ou quoi ?

– Verticalement : « Endroit qui... »

– Raymond...

Mireille fait les gros yeux, sa voix est flûtée. Il y a un tigre dans le chat, le cruciverbiste s'en souvient à temps.

– D'accord. Tu dois aller « là où tu l'as déposé la première fois qu'il est venu te voir au journal ». Ce sont ses mots. Très mystérieux... Ça me rappelle la première fois que j'ai écrit à Marguerite...

– Un autre jour, tu veux ?

Mireille est songeuse. Trop de cinéma nuit à la magie. Il pourrait faire plus simple, elle viendrait quand même !

Elle consulte rapidement son courrier puis reprend le chemin de la sortie.

– Oh !

C'est encore Raymond, il lui fait coucou de la main en ricanant bêtement.

– Et bonjour à Lucas !

Hyacinthe Zani sort juste à ce moment-là de la salle de réunion.

– Ah ! rugit-il à l'adresse de Mireille, Lucas !

Elle attend, interloquée, que le bulldozer en chef la rejoigne.

– C'est lui que tu vas voir ? Lucas ?

– Oui. Pourquoi ?

– Tu lui diras qu'il choisisse à l'avenir des heures décentes pour t'appeler. Ou alors, file-lui ton numéro perso !

– Je ne comprends pas…

– Ce monsieur nous a cassé les bonbons hier soir, il voulait te parler, soi-disant à propos de ton article d'aujourd'hui. J'ai fait barrage mais mon job n'est pas de dérouter sur des voies de garage tous tes prétendants transis !

Mireille demande plus de détails. Le tonton baisse un peu le ton et s'exécute. À l'expression inquiète qui se lit sur le visage de sa nièce, il comprend qu'il n'a peut-être pas été le roi de la jungle.

– J'ai fait une boulette ?

– Je te le dirai plus tard. Il faut que je file !

Mireille se hâte. Elle a un mauvais pressentiment, ses beaux yeux ne sont pas seuls en jeu. Lucas a-t-il voulu au dernier moment faire marche arrière ? Si c'est le cas, pourquoi ? Pourquoi cette sensation d'urgence inquiétante laissée par ses deux messages ?

Déboulant dans la rue, elle se cogne presque au lieutenant Philippe Cuniasse.

– Tu tombes bien, je voulais te voir.

– Décidément, c'est mon jour...

– Tu t'en allais ?

– Oui, et je suis pressée !

– C'est rapport à ton article de ce matin.

– Tu perds ton temps !

– Comment ça ?

– Je te vois venir, tu n'auras pas un seul renseignement sur les gens dont je tiens mes tuyaux !

– Je ne t'ai encore rien demandé...

– La police fait son enquête, je fais la mienne.

– Dis-moi, le ton n'était pas le même quand je t'éclairais sur la personnalité de Félix Kovac !

– Un, je ne t'ai pas forcé, deux je n'en ai pas touché mot ! Je suis journaliste, pas...

– Stop ! Épargne-moi la rengaine ! Et n'oublie pas une chose, Mireille, ce n'est pas un jeu ! Il y a eu deux morts !

Mireille lui pose un baiser fugace sur la joue et s'éclipse.

– Je ne l'oublie pas, lui lance-t-elle, l'air grave, en s'installant dans sa voiture.

Puis elle démarre en trombe.

Conduite rallye. Son naturel est parti au galop. Pas la peine de le chasser, il reviendra en *Concorde*. La main qui se crispe sur le levier de vitesses est blanche aux articulations. Le capot semble fendre des champs de klaxons hurleurs. À son passage, on couvre sa voiture d'insultes, d'imprécations.

Elle n'est plus très loin. Voilà, elle reconnaît le carrefour ! Mireille décélère en cherchant Lucas parmi les badauds en maraude, puis se gare le long du trottoir, sans prendre la peine d'effectuer un créneau. Elle coupe le contact, baisse complètement sa vitre, allume une cigarette blonde qu'elle jette après deux bouffées et, du bout des ongles, comme à son habitude, pianote un air sur son volant, pour tromper l'attente.

Lucas a laissé le compte exact sur la table du bistrot, en petite monnaie. Il a soif, il boirait une source. La peur s'est installée dans ses entrailles, avec larmes et bagages. À l'évocation du visage de Mireille, ses pensées reprennent un peu de couleurs. Dans une minute il va la revoir, revoir la perle qui vit au creux de sa gorge. Il presse le pas, tourne à un coin de rue.

La 306 est là, cinquante mètres plus loin, garée un peu de travers, à contresens.

Lucas se met en petites foulées, il aperçoit Mireille de dos, elle s'est mise à genoux sur son siège et fouille dans un sac posé sur la banquette arrière. Une cigarette achève de se consumer sur le trottoir.

Lucas résiste à l'envie de l'appeler, il approche encore. Il est presque à son niveau quand son œil est attiré sur sa gauche par un break blanc qui arrive à vive allure. À travers le pare-brise, il distingue vaguement le chauffeur, le visage barré par des lunettes de soleil et le front mangé par une casquette à large visière. Le break ralentit brusquement en arrivant à leur hauteur. Mireille a tourné la tête vers lui et lui parle mais Lucas n'entend pas, il est comme épinglé sur la chaussée, ses poumons se bloquent, son regard se rive sur le masque inexpressif de l'homme qui est au volant. Le break stoppe, les amortisseurs avant s'écrasent, Lucas, pris dans un bloc de glace, remarque la main du conducteur qui s'empare d'un objet posé sur ses genoux.

Mireille ne sourit plus. Elle sent que quelque chose d'anormal se produit. Lucas enregistre en un éclair une donnée affreuse : entre le break arrêté à dix mètres sur la chaussée et lui, il y a Mireille !

L'homme le fixe. Ses lunettes en font un insecte hiératique. Son geste est lent, calculé : un tube aux reflets métalliques pointe dans l'ouverture de la vitre baissée, un œil sombre sans pupille dardé dans sa direction.

– Mireille, baisse-toi !

Lucas a hurlé en plongeant vers l'avant, les mains ouvertes par réflexe, tandis que le tube crache l'enfer dans un bruit de bouchon ridicule. Lucas heurte la carrosserie de la 306. Il s'accroche à la portière avant, ouvre à toute volée et s'affale sur la jeune fille en lui plaquant la tête contre le siège. La carabine libère un second coup de feu. La vitre côté passager explose, Lucas ne voit rien mais une pluie d'éclats lui crible le sommet du crâne et le dos. Un moteur hennit, des pneus qui patinent griffent l'asphalte, l'enfer s'éloigne. Et, dans l'habitacle, comme revenus d'un étrange moment d'absence, les bruits de la ville se réinstallent.

Lucas recale sa respiration… Il mord une mèche de cheveux, son haleine se mélange à l'odeur prisonnière d'un shampooing au tilleul. Ses épaules écrasent une masse chaude et inerte.

Il ramène une main pour prendre appui sur le siège et se redresser. Cette main, il la regarde ; la paume est tournée vers lui, les doigts sont fléchis légèrement, c'est un objet encombrant, une partie de lui qu'il ne reconnaît pas. Il l'examine, la palpe, ne décèle aucune blessure.

Pourtant, elle est pleine de sang.

# 13

*Vendredi 12 h 00*

Le commissaire Jarnier étouffe une quinte de toux dans l'œuf. Un de ces jours, il arrêtera. Pas pour protester, pas pour boycotter la politique du régime cubain, non, mais il la voit déjà la radio de ses poumons ! En noir et blanc. Surtout en noir. Le genre de cliché qu'on n'a pas envie d'encadrer et d'exposer dans son séjour. Il devra se rabattre sur du Zan, ou ces cochonneries de bâtonnets de réglisse. Promis, il va l'envisager. Pas tout de suite. Il a encore besoin de son rideau de fumée pour réfléchir. Et réfléchir, c'est précisément ce qu'il fait.

Il a la certitude de faire fausse route dans l'affaire de la rue Jean-Lorrain. Mais une des choses que l'expérience lui aura apprise, c'est qu'on ne doit jamais écarter une fausse piste tant que les faits n'ont pas montré qu'elle ne conduit nulle part. L'intuition n'annule jamais le doute. Abandonnez un raisonnement en route et il redevient immédiatement plausible et séduisant : c'est un canard à qui on coupe la tête et qui se remet à courir dans la cour de la ferme. Les faits ! Il ne faut prêter l'oreille qu'aux faits. Ce qui n'empêche pas l'imagination, et les recherches parallèles. Jarnier est en mal d'hypothèse. Il s'est promis d'en échafauder une nouvelle avant le déjeuner.

Cuniasse interroge les caïds pré-pubères des Dominos dans un bureau à côté. On en saura peut-être plus sur Félix Kovac dans peu de temps.

Félix, c'est lui qui le tracasse. Le rôle qu'il lui a fait tenir jusqu'à présent lui va aussi bien qu'une paire de chaussettes à un crotale. L'ancien braqueur qui joue les porte-flingue d'un loubard, ça fait désordre.

– Scafelli !

Le second lieutenant sous ses ordres, celui qui l'avait accompagné chez le père Cravan, glisse une demi-face par la porte restée entrouverte.

– Oui ?

– Apportez-moi le dossier Félix Kovac !

– Tout de suite !

C'est un travail qu'il sait bien faire, Scafelli. Les dossiers, il les apporte très bien. Il fait attention de ne pas corner les pages, il ne tombe qu'exceptionnellement dans les escaliers, il lit bien les intitulés sur les couvertures. Il ne faut rien lui demander d'autre, à Scafelli, il déclencherait un conflit mondial en nettoyant son arme ! Scafelli, c'est les dossiers. Finira archiviste. Une consécration pour ce petit-cousin du préfet de région…

– Voilà, commissaire !

En plus il est assez rapide, Scafelli. Il sera peut-être archiviste chef…

L'autre sort et Jarnier se plonge dans la lecture du dossier Kovac. Cuniasse en a donné les grandes lignes dans son résumé de l'autre jour. On y découvre un curriculum vitæ de raté chronique. Vols avec violence, implication dans un trafic d'armes, et puis braquage d'une caisse d'épargne en compagnie d'un complice, Victor Schaeffer. Félix se rend, Schaeffer parvient à s'enfuir avec un otage qu'il relâche peu après. Mais sur les indications précises de Félix, il est arrêté le lendemain même dans l'hôtel qui devait leur servir de base de repli. Incarcéré à Fresnes. Au même loto, Félix a tiré Fleury. Entre les deux Pieds Nickelés, divorce par séparation de corps.

Rien de bien nouveau. Le dossier ne dit pas pourquoi Félix a tiré sur un groupe de mômes discutant sous ses fenêtres ! Il y a forcément une raison !

Le cigarillo se gorge de salive.

Et s'il y avait réellement eu un seul coup de feu ? Impossible. Le légiste a confirmé que les deux morts se sont produites au même moment, à quelques minutes près. Et puis, les témoins fantômes...

Le cigarillo pique dans la noix de coco et s'écrase en grésillant.

– Patron ? Je dérange ?

Philippe Cuniasse imite Scafelli dans l'embrasure de la porte.

– Entrez, entrez ! Du nouveau ?

– Coriace le môme ! répond le lieutenant en s'écroulant sur une chaise. J'ai connu des bourricots moins têtus !

– Mais encore ?

– Les coups de feu, il ne sait plus ; dans l'ensemble, il s'en tient à sa déclaration initiale. En revanche, l'autre, Sam Servan, mine de rien, m'a appris un truc curieux. Lucas, le copain de Max Cravan, a fait une descente chez eux. Il voulait parler à Chérif Boudouane. Le trio se reforme...

– Et alors ?

– Le lycéen estampillé lait deuxième âge qui se faufile à la nuit tombée dans les barres sur le territoire loulou, je trouve ça bizarre !

– Vous l'avez revu ce noctambule ?

– Monsieur ne s'est pas présenté au lycée ce matin !

– Il ne doit pas être parti bien loin !

Le commissaire prend le dossier posé devant lui et tente d'écraser une mouche bleue qui s'apprête à finir son cigarillo dans les bras du singe. Cuniasse fronce les sourcils :

– C'est le dossier Kovac ?

Le dossier s'abat, un nuage de cendres s'envole et la mouche rigole.

– Oui. Il me travaille, le tireur fou !

– Le monde est petit ! Je suis retombé sur lui, ce matin : j'ai appris que Schaeffer était sorti de cabane, il y a trois semaines, pour bonne conduite. À l'enterrement de Félix, il a dû préparer un numéro de claquettes !

Jarnier ouvre grand la bouche, comme s'il voulait gober la mouche.

– Vous pouvez me répéter ça ?

Philippe Cuniasse pâlit. Son percuteur claque avec retard.

Ils n'ont pas le loisir de poursuivre, la porte se dégonde presque, un policier en tenue pile devant eux.

– Commissaire, une fusillade à l'angle de la rue des Carmélites et de l'avenue Purcell. Il y aurait eu de la casse, une journaliste du *Quotidien Républicain*…

*Vendredi 14 h 05*

Hôpital Saint-Jean. Des infirmières arpentent les couloirs baignés par la lumière blanche des rampes de néons. Une série de reproductions de Kandinsky percent dans les murs des lucarnes de couleur. Dans une salle d'attente, le lieutenant Philippe Cuniasse affronte la machine à café.

Au premier essai, il a eu droit à un brouet liquide obscurci par du marc en suspension. Au second, fort de son expérience, il a enclenché l'option « café serré » ; le résultat a dépassé ses plus folles espérances. Le gobelet a dégringolé, il a recueilli une petite giclée de sucre en poudre, l'inévitable spatule pour touiller, puis la machine a ronflé, vibré, éructé jusqu'à ce qu'elle s'étouffe dans un effort ultime et pathétique.

Le lieutenant attend quelques secondes. Prend son gobelet et regarde dedans. En tête à tête avec le sucre.

– Jamais vu un café aussi serré ! Il l'est tellement qu'il a disparu !

Derrière lui, assis dans la coque plastique d'un siège fixé au mur, Lucas esquisse un sourire forcé. Toute la tension accumulée ces dernières heures est retombée, il se sent en paille, épuisé par le moindre geste à accomplir.

Philippe Cuniasse pense à nourrir la poubelle dont la gueule bée à côté de la machine. Son café termine sa course au cimetière des gobelets.

– N'empêche que vous avez eu de la chance...

– Surtout moi, vous ne croyez pas ?

– Elle ne s'en tire pas trop mal, va...

Le lieutenant s'assoit près de lui.

– Tu sais, ça va même peut-être lui servir. Elle a reçu le baptême du feu, c'est important pour une journaliste, ça donne de la patine à la carte de presse !

Un médecin apparaît derrière la porte vitrée. En les apercevant, il pousse la porte.

– Vous êtes là pour la jeune fille du 12 ?

– Oui, fait Lucas. Alors ?

– Elle en sera quitte pour un œuf de pigeon sur le front et quelques points de suture sur le cuir chevelu. Elle s'est assommée sur son levier de vitesses, elle n'aura même pas senti les éclats de verre lui entailler le crâne. Je la garde encore une journée ou deux, je verrai demain comment elle récupère.

– Drôlement vernie, dites donc !

Le médecin braque sur le lieutenant un regard circonspect.

– ... Enfin, façon de parler !

– On peut la voir ? demande Lucas.

Il croit encore sentir le creux de sa main poissé du sang de Mireille.

– Oui, mais pas trop longtemps. Elle a subi un choc. Attendez un peu, son oncle est déjà auprès d'elle. Je vous laisse, on m'attend au bloc.

L'homme en blanc prend congé. Philippe Cuniasse se tourne vers Lucas qui est resté prostré, le regard vide.

– Bon ! Maintenant que tout est bien qui finit bien, il va falloir que tu nous racontes une belle histoire !

– Qu'est-ce que vous voulez dire ?

– T'en as de bonnes, toi ! fait le lieutenant que la question semble réjouir, on essaie de te tuer et t'as l'air de trouver ça tout naturel ! Tu as été aujourd'hui au centre d'un certain nombre d'événements inhabituels qui, au cas où tu l'ignorerais, regardent la police ! Et maintenant, la police ne va plus te lâcher ! D'abord parce qu'elle doit te protéger, ensuite parce qu'elle va vouloir apprendre ce que tu lui as caché jusqu'à présent ! Normal, non ?

– Normal...

– Tu sais ce que je crois, Lucas ?

– Aucune idée.

– Depuis qu'on enquête sur la mort de ton copain et sur celle de Félix Kovac, on se goure dans les grandes largeurs ! Que Félix tire au hasard n'était pas une hypothèse royale, alors on est assez vite partis sur l'idée que Chérif pouvait avoir été visé. Erreur ! Grossière erreur ! Je pense que depuis le début, la cible, c'est toi ! Ton copain en a d'abord fait les frais, ensuite la journaliste. Ils ont eu en commun de se retrouver sur le chemin d'une balle qui t'était destinée ! Qu'est-ce que tu en dis ?

Lucas se tourne vers lui. Il a les yeux de la peur. Que peut-il répondre ? Que le monde entier se trompe, qu'on nage dans l'absurde ? Qu'il n'y a rien à comprendre, qu'il faut le laisser tranquille, l'oublier ?

Philippe Cuniasse continue sur sa lancée.

– Le problème, c'est le mobile ! Il n'y a que toi qui puisse le connaître ! Va falloir que tu te déboutonnes ; à moins que ça te plaise de faire le lapin à l'ouverture de la chasse...

Lucas se lève et fait quelques pas dans la pièce. Un chariot passe dans le couloir, escorté par deux infirmières et une potence. Un homme le suit de peu. Philippe Cuniasse le reconnaît :

– Tu vas pouvoir rendre visite à Mireille, son cher oncle vient de passer. Je t'attends ici.

Lucas sort et tourne à gauche. La chambre de Mireille est presque au fond du couloir. Il a l'impression d'évoluer dans un cauchemar artificiel, avec des lumières qui lui meurtrissent la rétine, un lino brillant, ce silence particulier des hôpitaux, tout en malheurs javellisés.

Il frappe timidement porte 12.

Mireille le regarde venir à elle. Elle porte un pyjama vert fourni par l'hôpital, un gros pansement lui fait un casque et l'épreuve qu'elle vient de traverser a laissé des traces sur son visage. Lucas, au bord du lit, danse d'un pied sur l'autre.

– Comment tu te sens ?

Lucas ne reconnaît même pas sa propre voix.

– Comme lady Di à Buckingham !

– Excuse-moi, c'est idiot…

– On n'est pas tous les jours confronté à ce genre de situation, c'est vrai…

– Oui.

Lucas pousse jusqu'à la fenêtre entrouverte. En contrebas, à perte de vue, la ville s'étend, insinuant sa rumeur par l'interstice. Jamais Lucas ne l'a vue ainsi, comme un labyrinthe grouillant d'insectes affolés, une pelote d'antennes hérissées comme des griffes. Un champ de tir.

– Je te demande pardon... J'aurais pu te tuer...

– Tiens donc ! Moi qui croyais que tu m'avais un peu sauvée...

– Tout est de ma faute, Mireille. J'aurais dû te mettre au courant.

– Oui. Mais après, c'est toujours facile de se refaire le film. Au courant de quoi, au fait ?

Lucas revient auprès d'elle. Il s'accroupit pour se mettre à sa hauteur. Mireille ébauche un mouvement de recul.

– Ne me regarde pas. Je ne dois pas être bien terrible !

– Si, lâche-t-il la gorge serrée.

Ses doigts se posent doucement sur le visage de la jeune femme. Une caresse retenue. Les yeux de Mireille s'embuent, un sanglot secoue sa poitrine.

– Oh ! soupire-t-elle avec un peu d'agacement, voilà que ça me reprend !

– Il faut que tu te reposes. Je t'appellerai demain.

Il se relève et gagne à reculons la porte

de la chambre. Mireille renifle en se cachant le visage sous son drap.

– Que comptes-tu faire ? demande-t-elle d'une voix légèrement raffermie.

– Parler à la police. Je n'ai plus le choix. J'aurais dû le faire dès le début.

Mireille ferme les yeux. Lucas trouve la poignée en tâtonnant, l'actionne et sort sans faire de bruit.

# 15

*Samedi 16 h 00*

– Vous voyez, Scafelli, Félix tire sur un groupe de jeunes un peu bruyants, il en abat un et se suicide. Scafelli ? Vous suivez ?

– Oui, commissaire.

– Parce qu'il faut suivre, hein ? Je continue. Cette hypothèse est envisageable mais nous devons tenir compte de la personnalité de notre indicateur. Ses nerfs pouvaient largement supporter un tapage diurne, son passé le prouve. Donc on essaie autre chose. Félix agit sur ordre de ? … Vous n'êtes pas concentré, Scafelli ! Attention, après, je vous interroge ! Votre avis m'est très précieux, vous le savez ! Donc Félix, qui surveille la bande des Dominos, est de mèche avec l'un des meneurs : ils décident de supprimer Max, un garçon qui a refusé de marcher dans leur projet de combine. Dans cette hypothèse, Félix joue double jeu et prend donc le risque que nous lui fassions de gros ennuis. Improbable. En outre, si l'on continue à creuser cette version, quelque chose devient brusquement très difficile à comprendre... Non ?

– Si, commissaire !

– Quoi, Scafelli ?

– Je ne vois pas, commissaire.

– Vous me surprenez, Scafelli, vous d'habitude si vif, si pénétrant dans vos observations ! Le suicide, voyons !

– Ah oui, le suicide...

– Vous voyez que vous aviez trouvé ! Pourquoi Félix se supprime-t-il après son coup de feu ? Étrange réaction ! Donc hypothèse spécieuse. À moins que quelqu'un n'ait supprimé Félix ensuite ! Son commanditaire, par exemple. Et là ça devient tout de suite plus intéressant. N'est-ce pas ?

– C'était déjà bien au début, commissaire.

– D'accord, mais là c'est mieux. Parce que cela nous permet de comprendre pourquoi on cherche à assassiner Lucas Sarago, ce jeune qui était présent le fameux soir rue Jean-Lorrain. Il doit avoir vu le meurtrier de Félix, ou bien ce dernier est persuadé que Lucas l'a vu, et que son témoignage peut représenter pour lui un grand danger. Vous voyez un peu le tableau, Scafelli ? C'est pourquoi votre collègue interroge ce

Lucas, pour que sa mémoire nous restitue un élément qu'il n'aura pas enregistré sur le coup, mais qui nous fournira un indice déterminant pour identifier, et peut-être confondre le responsable de cette tuerie.

– Et moi, est-ce que je peux vous aider ?

– Vous êtes déjà en charge d'un dossier relativement complexe : une effraction dans un garage à vélos de la résidence *Les jardins de Babylone*, si ma mémoire est bonne. Vous savez, il ne faut jamais s'éparpiller !

– Mais, et pour l'affaire...

– On fera appel à vous en cas de coup dur ! D'ici là, bon pied bon œil, et droit au but ! D'accord ? Maintenant, filez !

Scafelli obtempère docilement. Il heurte Philippe Cuniasse en sortant.

– Il part en mission ? demande le lieutenant une fois son collègue éloigné.

– Le préfet m'a téléphoné ce matin, pour que je soigne son cher cousin. Je l'ai soigné. Vous en êtes où avec Lucas ?

– Dans un tunnel, et on commence juste à en voir le début !

– Il ne se souvient de rien ?

– Si, mais il n'y a pas grand-chose dont on puisse se servir. Chérif est resté sur place après la mort de Max, Sam Servan a joué l'homme invisible. Et le môme était tellement retourné de voir son copain par terre qu'il a terminé la séquence dans le brouillard complet.

– Rappelez-moi combien de temps s'est écoulé entre la mort de Max et la découverte de Félix ?

– Disons entre un quart d'heure et une demi-heure, le temps qu'on arrive sur place et qu'on fouille les appartements.

– C'est largement assez pour permettre au flingueur, pour peu qu'il soit décidé, de s'évanouir dans la nature.

– Surtout s'il fait partie de la tribu des Dominos !

Le commissaire joue le retour du cigarillo. Un filet bleuté monte au plafond rejoindre ses frères évaporés.

– Rien non plus entre Lucas et les loulous ?

– Rien ! C'est un petit gars tranquille.

– Qui reçoit des menaces de mort et qu'on tente de mitrailler en pleine rue ! C'est vraiment l'affaire pieuvre !

– C'est quoi ça ?

– Une affaire qui crache un nuage d'encre pour se dissimuler. Il est où notre témoin ?

– Chez lui.

– Protégé ?

– Breteuil est sur place, avec deux gars



de la brigade de nuit. Ils sont garés deva le pavillon des Sarago.

– Bon, on continue à travailler au sca pel les Chérif, les Sam et toute la clique Et on n'a plus qu'à espérer une chose…

– Quoi, patron ?

– Que le tueur remette ça ! Quand on l'aura cravaté, il nous dira peut-être pourquoi il a décidé de flinguer tout le monde sur mon secteur !

L'entretien est clos. Philippe Cuniasse va pour quitter le bureau quand il se ravise :

– Au fait, Schaeffer ?

– J'ai demandé à ce qu'on me dresse son itinéraire depuis sa sortie de prison, à tout hasard. Mais je ne vois pas ce qu'il viendrait fricoter avec le petit Lucas ! On va me faxer son portrait. Vous le montrerez aux caïds des Dominos. On ne sait jamais… Vous êtes encore là, lieutenant ?

– Non patron, je viens juste de partir !

– C'est bien ce qui me semblait !

*Samedi 20 h 45*

Les branches de la haie frissonnent derrière la vitre. Lucas les délaisse pour fixer à nouveau le plafond de sa chambre.

Il pense à Max, il pense qu'il y a des jours maudits, des jours qui se lèvent comme des herses et fauchent des amitiés qui ne font de mal à personne. Il pense au mot désastre. Il pense qu'il ne sera plus jamais le même. Et que l'absence de son copain forme dans ses veines un caillot qui voyagera toujours.

Ses parents sont cloués devant la télé. S'il n'y avait pas le véhicule de police en station devant chez eux, ils croiraient encore à un canular. Les explications fournies par le capitaine Breteuil ont été accueillies avec calme, le calme de l'incrédulité. Ils ont déjà entendu parler de la folie du monde, mais là, elle frappe à leur porte et aucun des deux ne se décide à lui ouvrir.

Bien sûr, Lucas peut compter sur eux ! Seulement ils ne savent ni quoi dire ni quoi faire. Alors ils prennent un téléfilm en marche, s'attachent aux pérégrinations d'un prince chypriote à qui on a enlevé la fiancée et grognent devant les manœuvres félonnes de son demi-frère aussi vicieux qu'un serpent. L'histoire les emporte, elle ne ressemble pas à la vraie vie.

Lucas commence un bouquin pris sur une étagère et le repose au bout de trois pages. Mireille lui manque. Il l'a appelée chez elle, pour prendre des provisions de sa voix faible, jusqu'à ce qu'il puisse la retrouver. Avec l'espoir peut-être... Il a laissé un message sur son répondeur.

– Lucas ?

Sa mère a ouvert la porte. Le contre-jour plonge son visage dans l'ombre.

– Téléphone pour toi. Le commissaire Jarnier.

Il se lève et la suit. On a peut-être arrêté le tueur. Peut-être que tout est fini...

Sa mère reprend sa place sur le canapé, son père, au passage, lui vote un indéfinissable sourire. Personne ne baisse le son du poste. Lucas va droit au téléphone et s'empare du combiné :

– Allô ?

– Lucas ?

– Oui.
– Tu n'es pas seul dans la pièce ?
– Non, pourquoi ?
– Les autres, tu vas leur tourner le dos, lentement.

Ce n'est pas la voix du commissaire Jarnier. Lucas sent une nausée lui monter au bord des lèvres.

– Ça y est ?
– Oui.
– Bien. Tu n'as pas fait ce que je t'ai demandé, Lucas. Ce n'est pas gentil. Mireille Zani, tu connais ?

Une mâchoire lui mord les entrailles. Il retient à temps un hurlement.

– Qui êtes-vous ?
– Tais-toi et écoute ! Je suis chez elle. Un intérieur ravissant ! J'avais envie d'accélérer sa convalescence...
– Ne lui faites pas de mal...

Lucas parle tout bas. Il ne sait pas s'il supplie ou s'il menace. Les deux probablement. Il essaie de contrôler son ton et son débit, la vie de Mireille est en équilibre fragile.

– Ne t'inquiète pas, je veux juste que nous ayons une petite conversation. Tu vas venir nous rejoindre.
– Ça ne va pas être facile.
– C'est ton problème, Lucas. Eh ! la journaliste ! C'est quoi déjà le numéro de la rue ?

Étouffée, lointaine, la voix de Mireille dans l'écouteur. La preuve qu'il ne bluffe pas.

– Le 13, rue Guérin. Tu vois où c'est ?

– Oui.

Le 13. Elle aurait dû déménager...

– Inutile de te préciser que si les flics rappliquent, la petite journaliste signera son dernier article dans les nécros !

– J'arrive.

– Je te donne une heure !

– Je vais essay...

Il a raccroché.

Lucas repose le combiné. Ne pas s'attarder dans le salon, l'angoisse fait son travail de l'intérieur et son visage pourrait le trahir. Son père se retourne :

– Il voulait quoi ?

– Me dire que les interrogatoires n'ont encore rien donné.

– Ah...

La fiancée chypriote rend son dernier soupir. Le prince jure de la venger. Des larmes artificielles roulent sur ses joues. On enchaîne avec le deuxième épisode.

Lucas va embrasser ses parents. Bien qu'il s'efforce de prendre un air détaché, il ne peut s'empêcher de mettre dans ce geste rituel un peu plus de tendresse que d'habitude. Une minute plus tard, il s'est enfermé dans sa chambre.

Il n'a pas beaucoup de temps. Pourtant, Lucas hésite : il n'a pas fait confiance à la police quand il a reçu les premières menaces par courrier, et Mireille a failli mourir. Le même cas de figure se représente.

Le même ? Non. Cette fois, aucun doute n'est permis ; en cas de faux pas, Mireille est condamnée. L'homme est un meurtrier. Il veut sa peau. Pas celle de la jeune fille. Avec un peu de chance, il le convaincra de la relâcher.

Cet espoir n'en est pas un. Mireille est un appât, mais quand Lucas sera devant le canon de la carabine, elle deviendra ce qu'il est déjà, un témoin qu'il faut effacer. Le tueur a déjà pris beaucoup de risques, il ne reculera pas. Pour lui, la pitié est désormais un luxe. Un sentiment hors de prix.

C'est quand même ce faux espoir qui le décide. C'est de ce côté qu'une lumière brille. Qu'importe qu'elle soit falote.

Lucas chausse une paire de tennis, se colle à la vitre. Il doit sortir. Par là, c'est impossible ; les flics dans la ruelle ont l'œil braqué sur la porte d'entrée et la fenêtre de sa chambre.

La salle de bains ! Elle possède une lucarne d'aération impossible à ouvrir de l'extérieur. Les autres fenêtres étant protégées par de lourds volets, la police n'a pas jugé utile de poster quelqu'un sur l'arrière du pavillon.

Avec mille précautions, Lucas se glisse hors de sa chambre. Le son de la télé couvre le bruit de ses déplacements. Il referme à clé derrière lui. Si on le surprend maintenant, il fait sa toilette.

La lucarne a été graissée il y a peu, elle s'ouvre sans grincer. Lucas grimpe sur le bidet, saute la tête la première dans l'ouverture et atterrit, au prix d'une réception hasardeuse, sur un carré de pelouse qui amortit sa chute.

Il est dehors.

Maintenant, passer par le jardin des voisins et rejoindre l'allée des Hortensias.

Il lui reste quarante-cinq minutes. Les taxis sont nombreux rue Jean-Lorrain.

Il sera à l'heure.

# 17

*Samedi 21 h 20*

– Vous travaillez encore, commissaire ?

– On ne peut rien vous cacher ! J'attends une communication importante.

– J'ai un peu avancé dans mon enquête ! Je me suis rendu sur les lieux, le gardien était absent et...

– Félicitations ! J'ai hâte d'en savoir plus ! Mais demain, plutôt, je suis vraiment trop occupé. Allez donc vous coucher. Et ne fermez pas derrière vous !

Scafelli s'exécute, Jarnier peut se replonger dans son dossier.

La sonnerie du téléphone le tire de sa réflexion. Il décroche nerveusement.

– Jarnier !

Pendant tout l'exposé de son correspondant, le commissaire ne cesse de contracter ses maxillaires, comme s'il s'évertuait à réduire en bouillie un morceau de ferraille. Il n'intervient que pour lâcher de rares questions, précises et directes. La discussion s'achève sur un « merci » de berger allemand.

– Cuniasse !

L'appel résonne dans les locaux vidés de la plupart de ses occupants. Le lieutenant rapplique.

– Du nouveau. On vient de me transmettre les informations que j'ai demandées sur Schaeffer. Il a loué un studio à cent bornes d'ici. Mais un certain Schaeffer s'est fait arrêter boulevard Pozzi il y a une semaine pour avoir grillé un feu rouge.

– C'est à trois rues d'ici !

– Oui.

– Il conduisait un break ?

– Non, celui de la fusillade a été volé, mais ça ne veut rien dire. Contactez immédiatement Breteuil et prévenez-le ! Qu'il amène Lucas tout de suite. On va lui montrer des photos de Schaeffer, la mémoire lui reviendra peut-être.

– Bien, patron.

Lucas lève la tête. Numéro 13. L'accès au hall d'entrée est commandé par un code. Qu'il ne possède pas.

Il se passe la main dans les cheveux, il ne lui reste que dix minutes. Si personne n'a la bonne idée d'entrer ou de sortir, c'est foutu. Ses tempes lui font mal. Pour un détail aussi stupide !

Un bruit sourd : la minuterie s'enclenche, le hall s'éclaire.

Bon, il faut bien calculer, arriver devant la porte au moment où l'autre va sortir, que ça ait l'air parfaitement naturel.

La porte s'ouvre, Lucas s'avance et vient retenir le battant pour céder le passage à l'arrivante : une femme, la cinquantaine, robe de chambre et petit chien-chien. L'heure du dernier pipi. Il dit pardon, elle le dévisage comme s'il lui écrasait les mules à pieds joints mais ne fait pas de commentaire. Son molosse tire sur ses rênes, il se croit dans *Ben Hur* dès qu'il aperçoit son lampadaire fétiche. La femme disparaît.

Il s'engage dans l'escalier qui mène aux étages. Les marches craquent. Troisième gauche. Une carte de visite est épinglée sous la sonnette. Lucas se passe une langue râpeuse sur les lèvres et écrase le bouton.

– Patron !

Jarnier se lève à moitié en voyant surgir Philippe Cuniasse. Quelque chose a déraillé.

– J'ai eu Breteuil ! Le môme n'est plus là !

– Comment ça, plus là ?

– Il s'est fait la malle par une fenêtre de la salle de bains. Envolé !

– Mais qu'est-ce qu'il lui prend ? Et on n'a rien vu, rien entendu ?

– Rien ! Même les parents, et ils étaient au bout du couloir ! Patron, faut être juste, nos gars ne pouvaient pas deviner qu'il essaierait de se tailler !

– Alors là, je ne comprends pas !

– C'est-à-dire que...

– Quoi ? Y'a autre chose ?

– Le coup de téléphone. La mère du gosse m'a dit que vous aviez appelé...

– Moi ? Quand ?

– Au cours de la soirée. Enfin, elle a cru que c'était vous ! Pour parler à Lucas...

Le commissaire Jarnier fait le tour de son bureau en se prenant le visage entre les mains. La fatigue pèse lourd mais il se maîtrise. Se défouler sur l'équipe de surveillance ne servirait à rien.

– Où peut-il être allé ?

Son adjoint a un geste d'ignorance piteux. Jarnier va se réinstaller derrière son bureau et le range grossièrement, comme un pilote contrôle ses instruments en prévision de manœuvres délicates.

– Lieutenant, dit-il, ce n'est pas encore ce soir que je vais m'arrêter de fumer !

C'est Mireille qui ouvre. Son visage est en cire et ses yeux disent l'impuissance et l'épuisement. Le sourire qu'elle s'arrache fait à Lucas un mal atroce. Il voudrait caresser sa joue, avoir les mots du réconfort, ou du regret. Il se contente d'entrer. Mireille recule sans le quitter du regard.

Il est là. Décalé par rapport à l'axe de la porte d'entrée, adossé au mur du fond, la cuisse frôlant l'accoudoir en bois d'un canapé deux places. Sa carabine, élargie à l'extrémité par la présence d'un silencieux, est pointée sur le dos de Mireille.

Lucas découvre son visage. Tout en longueur, anguleux, avec des yeux tapis dans les orbites, et qui brillent d'une lueur vert pâle. Deux pierres au fond d'un marécage.

Visage inconnu.

Aucune expression de triomphe. L'homme reste impassible. Un froid calculateur qui contemple un résultat au bas d'une colonne.

– Assieds-toi, Lucas !

Ordre appuyé par un mouvement du canon vers l'unique fauteuil qui occupe la pièce. C'est bien la voix entendue au téléphone.

Lucas obéit, puis étudie la disposition des lieux. Outre le canapé, il y a au centre une table basse, dans le coin près de la fenêtre un coffre minibar, de l'autre côté un siège pivotant et un petit bureau encombré par un micro-ordinateur couplé à son imprimante ; des dossiers s'accumulent près du clavier.

La distance qui le sépare de l'homme est calculée pour que Lucas n'ait aucun espoir de l'atteindre sans se faire abattre.

Le tueur a observé le mouvement de ses yeux, sans nervosité apparente. Cet examen était prévisible, et la conclusion connue d'avance.

Ils n'ont aucune chance.

Le commissariat est électrique. Jarnier et son adjoint traversent les locaux de long en large, rongés par l'insupportable attente à laquelle ils sont condamnés. Les patrouilles ont été multipliées, le signalement de Lucas diffusé à toutes les voitures, ainsi que celui de Schaeffer. On entend crépiter une antique machine à écrire, et les crachotements d'un récepteur radio.

Jarnier n'a pas quitté sa tanière sans emporter de munitions. Entortillé dans les volutes de son poison, il grommelle des impatiences en crachotant des brins de tabac. L'auxiliaire chargé de répondre aux appels d'urgence sent au fil des minutes ses cordes vocales se gainer de nicotine, il se racle la gorge à intervalles de plus en plus rapprochés :

– Le commissariat j'écoute... Oui madame... À quelle heure ?...Quelqu'un que vous ne connaissez pas ?

Philippe Cuniasse se ronge un ongle, les fesses calées sur un bureau d'emprunt.

– Patron ?

– Mmm.

– Je peux vous prendre un cigare ?

Les rares têtes présentes se tournent vers lui dans un concert de suppliques muettes. Jarnier lui tend sa dynamite, le lieutenant l'allume avec précaution. Ce qui déclenche des toussotements implorants et, de la part de l'auxiliaire au téléphone, un blocage réflexe de la respiration. De courte durée.

– À quelle adresse habitez-vous ?... Je vois, c'est encore vous ? Ça signifie que vous nous appelez en permanence, madame, et toujours pour la même raison ! On ne peut pas réserver une voiture à votre seule intention !

Ça commence à s'énerver. Philippe Cuniasse s'approche et lui demande ce qui se passe. L'autre met sa main sur le combiné :

– Une emmerdeuse qui nous signale un cambrioleur chez elle, rue Guérin. Le dixième en quinze jours ! Dès qu'un de ses voisins reçoit des invités, elle lance une balise de détresse !

– Envoyez-la paître, elle nous bloque une ligne !

Cuniasse réprime de justesse un haut-le-cœur. Le cigare est immonde. Et il a bu trop de café. Il laisse son collègue aux prises avec la paranoïaque et part à la recherche d'un cendrier.

– Madame nous avons autre chose à faire !... Bon, maintenant je vous préviens que j'envoie une équipe sur place... Non, madame, pour vous ! Et on va contrôler vos papiers ! Et ceux du chien aussi !

Soudain, à trois mètres de là, le lieutenant se cabre et se rue vers le policier du standard prêt à couper la communication :

– Attendez ! Attendez un peu, gardez-la au chaud ! Surtout qu'elle ne raccroche pas !

Puis il court dans le bureau du commissaire qui le regarde entrer, médusé.

Le lieutenant s'explique tout en composant un numéro :

– La rue Guérin, c'est là qu'habite Mireille Zani, la journaliste ! Allô, l'hôpital Saint-Jean ?

La conversation est vite expédiée. Le combiné claque sur le récepteur.

– Elle aurait dû rester jusqu'à demain, mais elle est sortie ce matin ; son frère est venu la chercher.

Jarnier attend la suite. Prévisible.

– ... Mireille Zani n'a pas de frère !

Quand ils le rejoignent, l'auxiliaire est en fâcheuse posture.

– Je sais, madame, vous avez bien fait, nous sommes à votre service... Oui, les honnêtes citoyens...

– Passez-la-moi !

Le commissaire prend le relais. Il obtient rapidement la description du voyou qui s'est introduit au 13 rue Guérin pour y effectuer une série de cambriolages.

Le lieutenant est suspendu à ses lèvres, Jarnier lâche le téléphone :

– C'est Lucas ! On fonce !

Cinq minutes plus tard, une voiture banalisée, un gyrophare sur le toit, entame sa course contre la montre.

Le silence est intenable. L'homme s'est assis dans le canapé, sa carabine posée sur ses genoux. Le canon regarde Lucas de travers. Mireille s'est écroulée par terre, adossée au bar. Elle appuie son front sur ses avant-bras réunis. Semble absente. Trop lucide pour n'être pas résignée. Lucas ferme et ouvre les poings, ou gratte les accoudoirs.

– Bon, je suis là.

Il ne peut plus supporter ce face-à-face

absurde. Parler le soulage. Tant qu'il parle, il est vivant.

– Je vois.

– Qu'est-ce que vous me voulez ?

– Te voir.

Lucas comprend. Le tueur savoure le moment, il a beaucoup travaillé pour obtenir qu'il soit devant lui, à sa merci. Alors il en profite, tire des ficelles. Des ficelles fixées à même la peau.

Lucas désigne Mireille.

– Elle peut partir, vous avez ce que vous voulez...

Les pierres scintillent au fond de ses yeux.

– Ne t'inquiète pas, elle va partir. C'est prévu.

Lucas détaille le visage du tueur. Il fouille sa mémoire, remonte au jour de la mort de Max. Mais il ne le voit nulle part, ni parmi les membres de la bande au scooter, ni parmi les badauds que le corps de son ami effondré sur la chaussée avait attirés.

L'homme, comme s'il voulait ainsi marquer la fin du jeu, se lève sans quitter Lucas des yeux. La carabine pend le long de sa hanche, mais la main qui tient la crosse ne tremble pas.

– J'ai tué Félix Kovac. Avec une 22 long rifle muni d'un silencieux, exactement la même arme que celle-là. Des nuits entières j'en avais rêvé ! Ça m'a pris trente secondes. Mais le plaisir était à la hauteur de l'attente.

Il marche, débite son récit comme s'il était seul.

– Je lui devais les plus belles années de ma vie. Sacré Félix ! Il chialait devant moi pour que je ne tire pas ! Il est tombé comme un paquet de chiffons !

– Je viens faire quoi là-dedans ! Je ne vous connais pas, je ne connaissais pas Félix Kovac, je passais juste avec mon copain Max !

– Tu m'as vu, Lucas... C'est pas de chance...

– Non !

Il s'étrangle presque, encore désespérément accroché à l'idée d'une méprise. Qui de toute façon ne le sauverait pas.

L'homme pose son doigt sur sa bouche pour lui intimer le silence, puis il se dirige vers le bureau de Mireille. Sur le dossier du fauteuil pivotant se trouve un imperméable. Tout en tournant fréquemment la tête vers eux, il fouille l'une des poches, lentement.

Mireille regarde la scène sans réagir. Lucas rectifie sa position pour se maintenir au bord de l'assise et ramener ses mollets légèrement sous le fauteuil.

– Ah ! Voilà !

Ses recherches ont abouti. Il brandit une casquette bleu marine, à visière rigide, qu'un séjour au fond de l'imper a tordue en son milieu. Une casquette de flic.

L'homme la pose sur sa tête, l'ajuste et ses yeux reviennent sur Lucas.

Celui-ci devient pâle. Il réprime un vertige. Une révolte. Un flot d'images en accéléré. Une envie de se ruer vers la porte d'entrée. Mais il ne bouge pas.

Pas de flic. Une casquette de vigile !

Il se revoit avec Max, ils marchent le long des Dominos, la porte métallique s'ouvre violemment...

– Il n'y a pas de vigile ici, murmure Lucas pour lui-même. Tu me l'as pourtant dit, Chérif... Tu me l'as dit...

– Tu vois que tu me reconnais, Lucas ! dit l'homme avec un air navré. Et sur le moment, je me suis dit que les flics y seraient forcément arrivés au faux vigile ! Je ne pouvais pas courir ce risque ! Alors j'ai refermé la porte de l'escalier de service, je suis remonté chez mon ami Félix, j'ai enlevé le silencieux de ma 22 long rifle et je t'ai visé... Du douzième étage, tu ne faisais pas une grosse cible, et je dois avoir un peu perdu la main. Je t'ai raté ! C'est l'autre que j'ai eu. On ne peut pas gagner à tous les coups !

Max est allongé au sol, son bras forme un angle bizarre sur le bitume, le sang s'écoule de sa nuque brisée.

– Dommage, c'était un très beau fait divers ! Le bruit, l'acte gratuit, le pauvre locataire qui cède à l'exaspération... Ensuite, j'ai hésité à te buter. Je pensais que mes petites lettres suffiraient à te convaincre de la boucler. Mais je me suis trompé. Et on en est là...

Lucas se raidit. Les muscles de ses cuisses se tendent. La mort pousse en lui comme une plante rare mais il ne veut pas qu'elle le trouve assis. Le canon de la carabine se lève vers lui.

Un son provient du dehors. Crescendo. Le hurlement lancinant d'une voiture de police qui s'engage à fond dans la rue, et bientôt les lumières d'un gyrophare qui se reflètent sur les vitres. Le tueur n'est pas distrait plus d'une seconde, mais il y a des secondes qui valent des vies.

D'un bond Lucas est sur lui. Un coup de feu part. Son premier direct glisse sur le menton de Schaeffer mais, juste derrière, le coude arrive, qui s'écrase sur sa pommette. Coup de genou. Il échoue sur la crosse de la carabine. Se mettre à l'écoute d'automatismes. Tout en impacts courts. Des enchaînements de frappes bousculent le tueur auquel Lucas reste collé. Distance de corps à corps. Lucas s'appuie sur le sac. Ne pas perdre le contact. Il souffle entre deux séries, ne sent rien, ne voit rien qu'un mannequin pendu au plafond par un filin, une masse redressée par les chocs sourds. Un voile tombe devant ses yeux mais il poursuit son travail, méthodiquement.

Un vacarme dans son dos. Lucas frappe toujours. Des mains le saisissent aux épaules et l'arrachent à sa folie glacée. Dans le brouillard rouge où il titube, l'image brouillée de Schaeffer s'affaisse avec grâce. Des fantômes de visages dansent comme des ballons. Celui de Mireille se penche vers lui, rapetisse et éclate dans le trou noir de sa conscience.

# 18

*Lundi 19 h 15*

Lucas enfouit ses mains au fond de ses poches. Le vent souffle depuis le matin, s'engouffre sous les porches tagués qui creusent les barres en réseau de galeries et hurle comme une alerte au grisou. Des feuilles lui sautent au visage, le sol en est jonché. L'averse vient de cesser. Les caniveaux charrient une eau furieuse qu'aspirent en s'étranglant les bouches d'égout ouvertes sur le ciel gris.

Mireille ne devrait pas tarder. La perle bat sur sa gorge, Lucas lui a demandé de ne jamais l'enlever.

À quelques rues de là, dans le commissariat, Jarnier fume la pipe, un tabac hollandais aux émanations musquées. Au journal, Hyacinthe Zani terrifie sa nouvelle secrétaire de rédaction ; elle a laissé passer une coquille, en première page. Elle subit un bizutage en règle.

Lucas s'assoit en tailleur par terre, le

béton humide de la première barre H.L.M. plaqué dans son dos.

Le lieutenant Philippe Cuniasse s'est mis à lire le *Quotidien Républicain* au petit-déjeuner. Il guette les papiers de la petite Zani avec gourmandise. Chérif s'est fait alpaguer sans casque sur un scooter emprunté à un ami. L'ami en question n'avait jamais rencontré Chérif avant la confrontation au commissariat. Dommage.

Quelques gouttes s'écrasent à nouveau sur le bitume. Lucas s'abrite sous son blouson dégrafé.

Schaeffer est retombé dans la case prison. Mais il a changé de quartier. Malgré ses demandes répétées, on ne lui a pas accordé la vue sur la mer.

Lucas fixe un morceau de trottoir délavé de l'autre côté de la chaussée.

– *Max, qu'est-ce que tu fais là ? Je t'attendais en histoire-géo !*

– *J'ai chessé !*

– *T'as picolé ?*

– *Un peu. Là, mon pote, je suis juste à la bonne température !*

– *Planque-toi au moins ! Si le principal te voit, tu vas bien finir l'année !*

– *Je m'en fous du principal ! J'arrête tout ! Je bosse dans un garage à la rentrée. Faut que tu le voies ! Je t'emmène !*

*– C'est ça que tu as fêté ?*

*– Parfaitement ! Avec mes copains des Dominos. Mais je tiens à ce que tu sois le premier à découvrir la bête !*

*Lucas et Max se mettent en route. Un gros quart d'heure de marche, d'après Max. Le trajet leur prend une petite demi-heure.*

*– C'est là !*

*– Pas mal...*

*– Garage Charly ! Un jour, ce sera peut-être le garage Max Cravan ! Et je ferai que les américaines, ou les Dauphine-4 CV !*

*– J'irai où, moi, avec ma Porsche ?*

*– Pour toi je ferai une exception... Dis donc, t'en fais une drôle de tronche !*

*– Tu me laisses en tête à tête avec une tripotée de profs sinistres et tu voudrais que je chante ? On se verra quand avec ton garage pourri ?*

*– Écoute, Lucas, les études et moi, c'était pas un mariage d'amour. Mais si je plonge dans les moteurs, je peux devenir un crack ! Quand tu te seras fait arnaquer deux cents fois pour tes vidanges, tu seras bien content de me trouver. Je te ferai même le quatrième pneu gratuit ! Si t'es toujours mon pote, bien sûr...*

– Je serai toujours ton pote, Max ! Toujours...

Lucas se relève. Il a froid.

L'AUTEUR

Stéphane Daniel est né en 1961 à Guipry, en Bretagne. Quand il ne dort pas, il lit, ou achète des livres qu'il n'aura jamais le temps de lire. Quand il ne lit pas, il écrit, ou dresse la liste de tout ce qu'il n'aura jamais le temps d'écrire. Quand il n'écrit pas, il est instituteur à Paris, il apprend à lire aux enfants, ce qui est une bonne façon pour lui de se fabriquer de futurs lecteurs. Qu'il espère bien ne pas endormir...

# COLLECTION Cascade

## CASCADE POLICIER

**AGATHE EN FLAGRANT DÉLIRE**
Sarah Cohen-Scali.

**À L'HEURE DES CHIENS**
Évelyne Brisou-Pellen.

**ALLÔ ! ICI LE TUEUR**
Jay Bennett.

**L'ASSASSIN CRÈVE L'ÉCRAN**
Michel Grimaud.

**L'ASSASSIN EST UN FANTÔME**
François Charles.

**BASKET BALLE**
Guy Jimenes.

**LE CADAVRE FAIT LE MORT**
Boileau-Narcejac.

**LE CHANT DE LA REINE FROIDE**
Michel Honaker.

**LE CHARTREUX DE PAM**
Lorris Murail.

**LE CHAUVE ÉTAIT DE MÈCHE**
Roger Judenne.

**COUP DE BLUES POUR DAN MARTIN**
Lorris Murail.

**COUPS DE THÉÂTRE**
Christian Grenier.

**DES CRIMES COMME CI COMME CHAT**
Jean-Paul Nozière.

**CROISIÈRE EN MEURTRE MAJEUR**
Michel Honaker.

**DANS LA GUEULE DU LOUP**
Boileau-Narcejac.

**LE DÉMON DE SAN MARCO**
Michel Honaker.

**LE DÉTECTIVE DE MINUIT**
Jean Alessandrini.

**DRAME DE CŒUR**
Yves-Marie Clément.

**DRÔLES DE VACANCES POUR L'INSPECTEUR**
Michel Grimaud.

**UNE ÉTRANGE DISPARITION**
Boileau-Narcejac.

**HARLEM BLUES**
Walter Dean Myers.

**L'HÔTEL MAUDIT**
Alain Surget.

**L'IMPASSE DU CRIME**
Jay Bennett.

**LE LABYRINTHE DES CAUCHEMARS**
Jean Alessandrini.

**MAGIE NOIRE DANS LE BRONX**
Michel Honaker.

**LA MALÉDICTION DE CHÉOPS**
Jean Alessandrini.

**MENSONGE MORTEL**
Stéphane Daniel.

**LE MYSTÈRE CARLA**
Gérard Moncomble.

**NE TE RETOURNE PAS**
Lois Duncan.

**L'OMBRE DE LA PIEUVRE**
Huguette Pérol.

COLLECTION
# Cascade

**OMBRES NOIRES POUR NOËL ROUGE**
Sarah Cohen-Scali.

**ON NE BADINE PAS AVEC LES TUEURS**
Catherine Missonnier.

**L'ORDINATUEUR**
Christian Grenier.

**PAS DE QUOI RIRE !**
Jean Alessandrini.

**PIÈGES ET SORTILÈGES**
Catherine Missonnier.

**POURSUITE FATALE**
Andrew Taylor.

**RÈGLEMENT DE COMPTES EN MORTE-SAISON**
Michel Grimaud.

**SIGNÉ VENDREDI 13**
Paul Thiès.

**LA SORCIÈRE DE MIDI**
Michel Honaker.

**SOUVIENS-TOI DE TITUS**
Jean-Paul Nozière.

**UN TUEUR À LA FENÊTRE**
Stéphane Daniel.

**LE TUEUR MÈNE LE BAL**
Hervé Fontanières.

**LE VAMPIRE CONTRE-ATTAQUE**
Hervé Fontanières.

**LES VISITEURS D'OUTRE-TOMBE**
Stéphane Daniel.

## CASCADE PLURIEL

**LES AILES NOIRES DE LA NUIT**
Jean-Marc Ligny.

**AMIES SANS FRONTIÈRES**
Hélène Montardre.

**LE CHEVALIER DE TERRE-NOIRE**
Michel Honaker.
Tome 1
**L'ADIEU AU DOMAINE**
Tome 2
**LE BRAS DE LA VENGEANCE**
Tome 3
**LES HÉRITIERS DU SECRET**

**ERWAN LE MAUDIT**
Michel Honaker.

**LA FILLE DE TROISIÈME B**
Christian Grenier.

**L'HÉRITIER DU DÉSERT**
É. Brisou-Pellen.

**MINI MAX ET MAXI DURS**
Roselyne Bertin.

**LE PIANISTE SANS VISAGE**
Christian Grenier.

**LE PRINCE D'ÉBÈNE**
Michel Honaker.

**LE SORCIER AUX LOUPS**
Paul Thiès.

**UNE VIE À TOUT PRIX**
Roger Judenne.

Achevé d'imprimer en avril 1997
sur les presses de l'Imprimerie Hérissey
à Évreux (Eure)
Dépôt légal : avril 1997
N° d'édition : 2890
N° d'imprimeur : 76511